에이스가 되자

WISHBOOKS MODERN FANTASY STORY

한지훈 장편소설

더 높이

에이스가
되자 6

한지훈 장편소설

초판 1쇄 찍은 날 | 2017년 10월 30일
초판 1쇄 펴낸 날 | 2017년 11월 6일

지은이 | 한지훈
펴낸이 | 예경원

기획 | 위시북스
편집책임 | 이규재
편집 | 이즈플러스

펴낸곳 | 예원북스
등록번호 | 제396-2012-000132호
등록일자 | 2012. 7. 25
KFN | 제1-165호

주소 | 경기도 고양시 일산동구 호수로 646-24 위너스21 II 빌딩 206A호 (우)10401
전화 | 031-819-9431 팩스 | 031-817-9432
E-mail | yewonbooks@naver.com

ISBN 979-11-6098-583-2 04810
979-11-6098-231-2 (set)

※ 이 도서의 국립중앙도서관 출판시도서목록(CIP)은 서지정보유통지원시스템 홈페이지(http://seoji.nl.go.kr)와 국가자료공동목록시스템(http://www.nl.go.kr/kolisnet)에서 이용하실 수 있습니다.

에이스가 되자
WISHBOOKS MODERN FANTASY STORY
한지훈 장편소설
더 높이
6
Wish Books

에이스가
되자

CONTENTS

25장
목표

1

한국에 들어온 이후 박건호는 바쁜 나날들을 보내야 했다.

당초 계획처럼 늦게까지 늦잠을 잔 건 단 하루뿐이었다. 가족이나 친구들과 여행을 가겠다는 계획도 전부 무산됐다. 브라이언 최가 잡아 온 빡빡한 스케줄 때문이었다.

"한국에 가면 좀 쉬라면서요?"

박건호가 브라이언 최를 바라보며 투덜거렸다. 그러자 브라이언 최가 멋쩍은 듯 뒷머리를 긁적거렸다.

"미안해요, 박건호 선수. 원래 이 정도까진 아니었는데 박건호 선수 입국했다고 하니 여기저기서 난리네요."

"그래도 이건 너무하잖아요. 벌써 인터뷰만 열 번은 더 한 거 같은데."

"그게 어딘 해주고 어딘 안 해주고 하기가 어려워서 그래요. 괜히 안 해줬다가 박건호 선수에 대해 나쁜 기사 쓸까 봐 걱정도 되고요."

올 초까지만 해도 박건호는 메이저리그에 도전한 수많은 고교 유망주 중 한 명에 불과했다.

고교 대회에서 반짝 떠오르긴 했지만 우승 타이틀도 개인 타이틀도 하나 없던 박건호가 메이저리그에서 크게 성공할 거라 예상하는 이는 없다시피 했다.

심지어는 박건호가 다저스와 185만 달러에 계약을 체결했다는 사실 자체를 거품이라 여기는 이도 적지 않았다.

하지만 박건호는 당당히 5월 메이저리그에 올라와 6월에 선발로 전업한 이후 11승을 챙겼다. 불펜에서의 승리가 포함된 게 아니라 순수하게 선발로만 11승이었다.

게다가 1.99라는 말도 안 되는 평균 자책점까지 기록하며 2017년 내셔널 리그 최고의 신인 선수로 선정됐다.

상황이 이렇다 보니 국내 수많은 언론사에서 박건호에게 관심을 갖는 건 당연한 일이었다.

그러나 정작 박건호의 관심사는 다른 곳에 있었다.

"에효……. 근데 CF 건은 아직이에요?"

"최종 제안을 했으니까 아마 오늘 내일 중으로 대답이 올 겁니다. 조금만 기다려 줘요."

"금액도 금액이지만 그 콘셉트 좀 어떻게 해줘요. 요즘 같은 시대에 컵라면 분장은 좀 그렇잖아요."

"그렇지 않아도 그 부분까지 잘 이야기해 두었습니다. 다행히 경쟁사에서도 박건호 선수에게 관심을 보이고 있다고 하니 아마 곤란한 콘셉트를 요청하진 않을 것 같습니다."

"그렇다면 다행이고요."

브라이언 최로부터 CF 출연 계약이 들어왔다는 이야기를 전해 들었을 때만 해도 박건호는 드디어 올 게 왔다고 여겼다.

메이저리그에서 선발로만 11승을 따냈으니 당연히 광고 몇 편쯤은 찍게 되리라 예상하고 있었다.

하지만 제안이 들어온 건 박건호가 기대했던 것과는 다소 거리가 있었다.

박건호는 내심 그럴듯한 광고를 원했다.

이를 테면 자동차라든가 의류, 금융, 화장품 등등, 메이저리거로서의 자신의 가치를 드높일 수 있을 만한 광고가 들어오길 기대했다.

그러나 정작 박건호에게 들어온 광고들은 한결같았다.

식품.

그것도 전부 코믹 콘셉트를 섞어서 박건호가 망가져 주길 바랐다.

콘셉트를 잡은 이유도 똑같았다.

"아무래도 박건호 선수가 아직 국민들에게 친숙하지 않으니까요. 귀엽고 친근감 있는 캐릭터로 접근하는 편이 여러모로 낫지 않을까요?"

결국 인지도가 부족하니 캐릭터로 승부하자는 말만 되풀이했다.

그중에서 박건호를 가장 짜증 나게 만든 건 컵라면 CF였다.

메인 콘셉트는 평범한 컵라면 박건호가 특별한 뚜껑을 받고 특별한 컵라면으로 거듭난다는 이야기였다.

그 누구도 거들떠보지 않던 박건호가 메이저리그에서 11승을 거두며 신데렐라가 됐다는 점을 착안했다는 건데 어째서 이런 말도 안 되는 콘셉트로 변경됐는지에 대해서는 누구도 제대로 된 설명을 못 했다.

만약 이 CF의 출연료가 적었다면, 류현신과 관계가 없었다면 박건호는 곧장 고개를 돌려 버렸을 것이다.

하지만 애석하게도 그럴 수가 없었다.

일단 광고주가 류현신과의 동반 출연을 원하고 있었다. 류현신의 부족한 성적을 박건호의 호성적으로 메우고 박건호의 부족한 인지도를 류현신으로 보완하자는 게 기본 전략이라고

했다.

그렇다면 출연료가 짜야 정상인데 광고주는 무슨 생각인건지 박건호에게 2억 5천만 원이라는 개런티를 불렀다. 아울러 후속 광고 촬영 시 우선적으로 광고 출연 협상을 진행하겠다는 조건까지 붙여주었다.

박건호도 류현신과의 의리도 지키고 돈도 벌 수 있다는 점에서 콘셉트만 수정한다면 광고를 촬영하는 쪽으로 마음이 기울고 있었다.

"그래도 기왕 하는 거 현신이 형하고 함께하는 게 좋겠죠?"

"류현신 선수가 소개해 준 CF도 있으니까요. 다른 팀도 아니고 같은 다저스 소속이니까 함께 촬영해서 나쁠 건 없을 것 같습니다."

"그때 그 카드 회사는 뭐래요?"

"긍정적으로 검토 중이라고 합니다."

"왜요? 우리가 너무 세게 부른 거예요?"

"그게…… 우리 쪽보다는 아무래도 류현신 선수 몸값을 맞추는 데 애로사항이 있는 것 같습니다."

"아…… 그래요?"

"올해 성적만 놓고 보자면 박건호 선수가 훨씬 더 후한 대접을 받아야겠지만 광고라는 게 또 그렇게 단순한 건 아니니까요."

2013년과 2014년 2년 연속 14승을 거두며 한국을 대표하는 메이저리그 선수로 성장한 류현신의 몸값은 박건호가 생각하는 것보다 훨씬 높았다. 2015년까지만 해도 거의 톱클래스 대우를 받을 정도였다.

2015년부터 올해까지 부진을 거듭하며 류현신의 광고 몸값이 많이 내려오긴 했지만 여전히 박건호보다는 높은 편이었다. 냉정하게 말해 아직까지는 국내 인지도와 영향력에 있어서 박건호가 류현신을 따라갈 수가 없었다.

"크흠. 참, 그리고 시상식들은 정리되고 있는 거죠?"

괜히 머쓱해진 박건호가 말을 돌렸다. 쏟아지는 인터뷰 요청만큼이나 박건호를 곤란하게 만들고 있는 게 바로 야구 관련 각종 시상식이었다.

프로야구가 10구단 체제로 전환하고 1,000만 관중 시대를 바라보면서 시상식들이 우후죽순처럼 생겨났다. 덕분에 이제 막 메이저리그에 데뷔한 박건호에게도 상을 주겠다는 곳이 줄을 잇고 있었다.

"일단 공신력이 없다고 판단되는 곳은 정중히 고사하고 있습니다. 상을 준다면 고맙지만 시상식에 참석하기는 어려울 것 같다고 말이죠."

"그럴 바에야 그냥 상을 안 받는 게 낫지 않을까요?"

"물론 그게 가장 깔끔한 방법이긴 합니다만 호의를 무작정

거부하는 것도 추후에 문제가 될 수 있으니까요."

"후우……. 상 받는 것도 쉬운 일이 아니네요."

박건호가 나직이 푸념했다. 텅 빈 방 안을 볼 때마다 고등학교 때 상 하나 받아뒀으면 하는 아쉬움이 없지 않았었는데 막상 서로 상을 준다니 아예 받지 않는 게 속 편할 것 같았다.

"그래도 한국 원로 협회에서 주는 특별 공로상은 받으셔야죠."

"그럼요. 그건 받아야죠. 특별하잖아요."

"다음 주 월요일이 시상식이니까 시상 여부 마지막으로 다시 한번 체크한 다음에 스케줄 빼 놓도록 하겠습니다."

"네, 저도 미리 양복 한 벌 맞춰 놓을게요."

다음 날 아침, 브라이언 최로부터 문자 메시지 한 통이 도착했다.

확정.

정확한 건 시상식을 통해 발표되겠지만 한국 원로 협회에서 박건호에게 특별 공로상을 수여하기로 결정을 내린 모양이었다.

"좋았어!"

박건호는 그 길로 브라이언 최가 소개해 준 수제 양복점을 찾아갔다. 그리고 좋은 원단으로 시상식에 입고 갈 만한 양복을 주문했다.

"시상식이 다음 주 월요일이라고 하셨죠? 늦지 않게 최대한 빨리 작업하도록 하겠습니다."

브라이언 최가 사전에 이야기를 잘 해놓은 덕분에 박건호가 딱히 할 일은 없었다. 간단하게 치수를 잰 뒤 결제를 하는 게 전부였다.

'헉…… 무슨 양복이 이렇게 비싸?'

메이저리그 선수라는 이유로 30퍼센트 할인 혜택을 받았지만 영수증에 찍힌 금액은 박건호의 입을 쩍 벌어지게 만들었다.

'안 되겠어. 뭐라도 해야지.'

괜히 불안해진 박건호는 브라이언 최에게 문자 메시지를 보냈다.

–그거 그냥 할게요.

그렇게 밀고 당기던 첫 번째 CF 촬영이 결정됐다.

2

"자, 콘셉트는 다들 이해하셨죠? 여기 있는 지문은 그냥 무시하시고 편하게 이야기 나누세요. 그러다 보면 괜찮은 게 나오겠죠. 뭐.”

촬영 감독은 특별히 연기를 제안하지 않겠다며 호탕하게 웃어 보였다.

하지만 박건호나 류현신 같은 초보 연기자들 입장에서는 감독이 정확한 연기를 요구해 주는 편이 나았다.

“이거 배 터질 때까지 라면만 먹는 거 아니에요?”

박건호가 불안한 얼굴로 류현신을 바라봤다.

그러자 류현신이 피식 웃으며 말했다.

“걱정 마, 건호야. 그럴 줄 알고 형이 소화제 사왔어.”

“헐, 소화제까지 먹어야 하는 거였어요?”

“그럼 돈 버는 게 쉬운 줄 알았냐? 그래도 우린 운동선수니까 많이라도 먹을 수 있지. 일전에 듣기로 어떤 여배우는 먹고 토하고를 반복했다더라.”

“으으. 그만 말해요, 형. 벌써부터 속이 울렁거리는 거 같아요.”

“아무튼 정신 바짝 차려. 그리고 형이 선배로서 한 가지 팁을 주자면, 무리하지 마라. 뭘 잘하려고 해봐야 저 양반들 눈에는 안 차니까.”

“형도 힘내요. 우리…… 살아서 만나요.”

메이저리그에서처럼 박건호는 류현신의 조언을 철저하게 따랐다. 덕분에 3시간여의 강행군 속에서도 아슬아슬하게 위장을 지킬 수 있었다.

반면 촬영을 위해 아침도 굶고 왔다던 류현신은 벌써부터 하얗게 질려 있었다.

"형, 괜찮아요?"

"마, 말시키지 마. 토 나올 거 같아."

"그러게 적당히 먹지 그랬어요."

"저 자식, 내가 가만 안 둘 거야. 진짜야. 복수할 거야."

류현신의 초점 잃은 눈이 촬영 감독에게 향했다. 촬영 초반 내던진 썰렁한 개그를 류현신이 받아주지 않아서일까. 촬영 감독은 류현신의 먹는 장면마다 딴죽을 걸고 있었다.

"참아요, 형. 언제는 촬영 감독이 신이라면서요."

"내가 진짜…… 더럽고 치사해서 재기하든가 해야지."

"재기는 이미 했잖아요. 걱정 마요. 내년에는 커리어하이 찍을 거예요."

"짜식, 고맙다. 그래도 네 자린 빼앗지 않을 테니까 너무 겁먹진 말고."

야구 이야기가 나오자 류현신의 표정이 한결 차분해졌다. CF를 통해 돈을 버는 것도 좋지만 역시나 야구 선수의 본분은 야구를 잘하는 것일 수밖에 없었다.

"솔직히 난 큰 거 안 바란다. 선발이 아니어도 좋으니까 올해는 아프지 않고 던졌으면 좋겠어."

지난해 부상과 재활을 반복했던 류현신의 소원은 소박했다.

25인 로스터에 포함되는 것.

최대 12명까지 허락될 메이저리그 투수 명단에 이름을 남기는 것.

2년 연속 14승을 거둔 류현신의 저력이라면 25인 로스터쯤은 어렵지 않게 이뤄낼 가능성이 높았다.

하지만 류현신은 자만하지 않았다. 6년 계약 중 마지막 해였다. 2년간 잘 던지고 3년간 부진했으니 정말 먹튀 소리 듣지 않으려면 올 한 해 만큼은 어떻게든 좋은 모습을 보여주어야 했다.

"건호야, 네가 4선발 해라. 형이 5선발 할게."

"무슨 소리예요. 형이 제 앞에서 던져 주셔야죠."

"야, 형도 좀 쉬엄쉬엄하자."

"에이, 아직 한창이시잖아요. 올해 잘 던지셔서 재계약하셔야죠."

재계약 이야기가 나오자 류현신이 피식 웃었다. 내년이면 만으로 서른하나다. 서른둘을 바라보는 부상 전력이 있는 아시아 투수에게 다저스가 좋은 계약 조건을 내놓을 것 같진 않았다.

"형 걱정 말고 너도 아시안 게임 나가야지."

류현신이 박건호를 바라보며 말했다. 그러자 이번에는 박건호의 표정이 멋쩍게 변했다.

해가 바뀌면 2018년이다. 그리고 2018년에는 자카르타에서 아시안 게임이 열린다.

아시안 게임은 현실적으로 병역 혜택을 받을 수 있는 유일한 대회였다.

우승을 해야 한다는 부담이 적지 않지만 일본과 대만을 제외하고는 이렇다 할 적수가 없는 터라 이변이 없는 한 좋은 성적을 기대할 수 있었다.

올해 11승을 거두면서 박건호도 내심 내년 아시안 게임에 참가하고 싶은 욕심을 가지고 있었다. 하지만 태극 마크라는 게 원한다고 달 수 있는 건 결코 아니었다.

"아시안 게임에 나가는 게 어디 제 맘대로 되나요."

박건호가 앓는 목소리를 냈다. 그러자 류현신이 엄살 부리지 말라며 박건호의 등을 툭 하고 때렸다.

"내년에 올해만큼만 해도 대표 팀에서 반드시 부를 거다."

"정말요?"

"그래, 내가 감독이라면 무조건 너 뽑아. 그러니까 넌 준비만 잘하고 있으면 돼."

류현신은 박건호의 대표 팀 승선을 확신했다. 베이징 올림픽 우승 이후 젊은 투수들의 명맥이 끊긴 상황에서 박건호는 대한민국이 미래를 내다보고 키워야 하는 투수였다.

게다가 박건호는 단순히 가능성만 갖춘 기대주가 아니었다. 올해 11승을 거두며 메이저리그에서도 통한다는 걸 제 힘으로 입증해 낸 실력 있는 선수였다.

"아까 얼핏 들으니까 한국 원로 협회 시상식 간다며?"

"네, 저한테 상 주신다고 해서요."

"가면 선배님들한테 인사 잘하고. 재롱도 좀 떨고 그래라."

"재, 재롱이요?"

"야, 나는 이 덩치에 노래도 부르고 춤도 췄어, 인마. 보기에는 영감님들 같아도 아직까지 야구계에서는 힘 좀 쓰시는 분들이야. 그러니까 좀 실없다 싶을 정도로 웃고 와."

"노력해 볼게요."

"노력이 아니라 그렇게 해야 해. 괜히 그분들한테 찍혔다간 아시안 게임도 어려워질지 모른다."

류현신이 단단히 으름장을 놓았다. 농담이 아니라 고등학교를 졸업하자마자 미국으로 건너간 박건호에게는 이렇다 할 인맥이 없는 상태였다.

제아무리 실력이 뛰어나다 해도 인맥이 없이는 대표 팀에 승선하기가 쉽지 않았다.

특히나 병역 면제와 직결되는 아시안 게임 대표 팀 명단에 들기란 하늘에 별 따기만큼 어려웠다. 각 구단의 이해관계까지 얽힌 터라 어찌 보면 외지인일지도 모를 박건호의 자리를 만들기란 쉽지가 않았다.

"한국 원로 협회 말고 또 다른 시상식은 안 가니?"

"네, 가능하면 스케줄 정리해 달라고 에이전트한테 말했어요."

"그러지 말고 겹치는 거 아니면 다 참석해. 특히나 언론사 쪽 시상식은 꼭 얼굴도장 찍고."

"그렇게까지 해야 해요?"

"건호야, 너 나이 먹고 군대 문제 해결 안 되면 얼마나 비참한 줄 아냐? 미래에 대한 계획을 못 세워. 뭘 하든 단기적일 수밖에 없고. 막말로 너 FA 대박 쳐야 하는데 국방부에서 군대 오라고 하면 어떻게 할 건데?"

"그건……."

"그때 가서 수단과 방법을 찾는 건 너무 미련한 짓이지. 안 그래? 길이 있고 방법이 있는데. 그전에 노력해야 할 거 아냐."

"그렇죠……."

"그러니까 군소리 말고 형 말 들어. 형도 아는 사람들한테 네 이야기 잘해놓을 테니까."

"……형."

"형밖에 없지? 그러니까 형 몫까지 야구 열심히 해라."

류현신이 씩 웃으며 박건호의 어깨를 두드렸다. 그 모습이 어찌나 멋지던지 박건호는 하마터면 류현신에게 반할 뻔했다.

하지만 그것도 잠시.

"촬영 들어가겠습니다!"

어디선가 들려오는 목소리에 듬직하던 류현신의 얼굴이 와락 일그러졌다.

"건호야, 형 토할 거 같아."

"에에? 지금요?"

"그래, 나 잠깐 화장실 좀 다녀올 테니까 시간 좀 끌고 있어 봐. 알았지?"

촬영 감독의 부름을 외면한 채 류현신은 도망치듯 화장실로 뛰쳐나갔다. 덕분에 연장에 연장을 거듭한 CF 촬영은 날이 밝아서야 끝이 났다.

3

"다음으로 한국 원로 협회 특별 공로상 수상자를 발표하겠습니다. 한국 야구의 발전을 위해 지대한 공헌을 한 분에게 드리는 상인데요. 아……! 이분이군요. 올해 다저스에서 11승을 거두며 내셔널 리그 신인상까지 차지한 선수입니다. 박건호 선수! 축하합니다!"

자신의 이름이 호명되자 박건호는 삐뚤어진 넥타이를 바로 잡고 단상으로 올랐다.

사방에서 카메라 플래시가 터졌지만 메이저리그 마운드에 익숙해서일까. 다행히 떨리진 않았다.

"박건호 선수, 간단히 소감 한 말씀 부탁합니다."

상패와 꽃다발 전달이 끝나자 사회자가 박건호에게 마이크를 넘겼다.

"먼저 부족한 제게 이렇게 과분한 상을 주신 여러 선배님께 진심으로 감사를 드립니다. 여러 선배님이 계시지 않았다면 지금의 저도 없었을 것 같습니다."

박건호는 류현신의 코치대로 협회 원로들에게 모든 공을 돌렸다. 그 작전이 통했는지 시큰둥해하던 원로 야구인들의 입가에 하나둘 미소가 번지기 시작했다.

'잘난 척하지 말고 겸손하게. 큰 상을 받았으니 한국 야구를 위해 공헌하겠다고 덧붙이고.'

류현신은 시상대에 오르기 직전까지 메신저를 통해 박건호에게 말조심하라고 신신당부를 했다. 잘못 내뱉은 말은 수습할 수도 없다며 몇 번이고 잔소리를 늘어놓았다.

그래서 박건호는 꼭 해야 할 말들만 간략하게 전하고 고개를 숙였다. 의미 있는 상을 받은 것에 비하면 심심한 수상 소감이었지만 다행히도 현장의 반응은 좋았다.

"저 친구 겸손한데?"

"사람이 됐네, 됐어."

선입견을 가지고 박건호를 바라봤던 원로 야구인들은 기꺼운 마음으로 박수를 보냈다.

새까만 후배가 선배들 덕분에 이 자리에 올랐고 앞으로도 열심히 해서 한국 야구에 기여하겠다는데 못난 선배들처럼 굴 수는 없는 노릇이었다.

자리에 참석했던 김인석 대표 팀 감독도 박건호에게 직접 다가와 축하의 말을 건넸다.

"경기 잘 봤다."

"아, 네. 감독님. 감사합니다."

"몸 관리 잘하고. 다음에 또 보자."

"넵, 감독님. 다음에 다시 인사드리겠습니다."

시상식이 끝나고 기념 촬영까지 마친 뒤 박건호는 CF 촬영을 핑계로 자리를 빠져나왔다.

몇몇 원로 야구인이 섭섭하다는 반응을 보였지만 잘나가는 후배를 억지로 붙잡으려 들진 않았다.

"그래, 벌 때 바짝 벌어야지."

"많이 벌수록 주변도 좀 돌아보고. 내 말 무슨 말인지 알지?"

"네. 선배님들, 그럼 다음에 또 뵙겠습니다!"

눈에 보이는 마지막 한 사람에게까지 빠지지 않고 인사를 한 뒤 박건호는 서둘러 밴에 올라탔다.

"박건호 선수, 바쁘네요."

"아, 죄송합니다."

"죄송은요. 오히려 우리가 미안하죠. 그런데 쉬지 않고 바로 인터뷰 진행해도 괜찮겠어요?"

"그럼요. 저는 괜찮습니다."

"확실히 젊어서 좋네요. 그래도 숨은 좀 돌려야 할 거 같으니까 10분 있다가 시작합시다."

촬영장으로 가는 도중에도 박건호는 미리 예약된 신문사와 인터뷰를 이어갔다.

본래 스케줄이 맞지 않아서 취소를 했지만 류현신이 다시 다리를 놓아준 덕분에 극적으로 인터뷰가 성사됐다.

'여기 신문사는 별로 안 크지만 그래도 야구 관련해서 기사 많이 내는 곳이야. 친해지면 아마 너 1승 할 때마다 네 기사로 도배할걸? 그러니까 인터뷰는 꼭 해라. 할 수 있으면 두 번 하고.'

류현신의 조언대로 박건호는 한 시간여 가까이 성심성의껏 인터뷰에 응했다. 덕분에 신문사 인터뷰 팀도 만족감을 감추지 못했다.

"박건호 선수, 오늘 인터뷰 정말 고마웠어요. 나중에 좋은 기사 많이 써줄 테니까 기대해요."

중간에 인터뷰 팀을 내려준 뒤 박건호를 태운 밴은 다시 서둘러 촬영장으로 내달렸다.

브라이언 최가 두 번째로 잡아온 CF는 금융사 CF였다.

공교롭게도 이번 CF 역시 류현신과 함께 섭외가 됐다.

"이거 원래 현신이 형이 하던 카드 광고죠?"

"네, 한때 류현신 카드로 불리기도 했었죠."

"그런데…… 왜 광고 콘셉트가 쌍둥이에요?"

"그, 글쎄요. 저는 절대 박건호 선수와 류현신 선수가 닮았다는 이야기는 하지 않았습니다."

"그렇게 변명하는 거 보니까 더 수상한데요."

"크흠, 정말입니다. 모든 건 촬영 감독이 결정한 겁니다."

"후우……. 어쨌든 빨리만 끝나면 좋겠어요."

박건호의 소원대로 광고 촬영은 날을 넘기지 않고 끝이 났다. 광고 콘셉트도 간단했고 금융 광고 특성상 이미지로 대체하는 부분이 많아서 실제 촬영 장면이 많지 않았다.

"수고했다, 건호야."

"형도 고생 많으셨어요."

"고생은 무슨. 솔직히 이렇게라도 버는 게 어디냐. 안 그래?"

"뭐…… 그렇긴 하죠."

"짜식, 내숭은. 그건 그렇고 내일은 뭐 하니?"

"내일이요? 내일은 낮에 인터뷰 하나가 전부인데요."

"그럼 형이랑 자선 파티 안 갈래?"

"자선 파티요?"

"뭐 거창한 건 아니고. 자선 모금 핑계로 친하게 지내는 야구 선수들끼리 모여서 술 마시고 노는 거야. 너 이야기하니까 다들 궁금하다고들 해서."

"저야 좋지만…… 가도 되는 거예요?"

"물론이지. 대신 캐주얼하게 입고 와. 정장 말고."

"아, 넵."

류현신은 그저 평범한 자선 파티라며 박건호를 안심시켰다.

하지만 정작 파티에는 류현신을 비롯해 강준호, 박병훈, 오승완, 추신우, 김현우 등 메이저리그에서 활약 중인 한국 선수들이 전부 모여 있었다.

"반갑다, 건호야. 그때 대충 인사한 이후로는 처음이지?"

"아, 네. 선배님. 잘 지내셨어요?"

"건호야, 신인상 축하한다. 난 솔직히 네가 탈 줄 알았다."

"감사합니다, 선배님."

선수들은 앞다투어 박건호를 반겼다. 특히나 종종 얼굴을 봐왔던 오승완은 박건호의 옆에서 떨어질 생각을 하지 않았다.

"그런데 건호 너는 키가 얼마냐?"

"정확하게는 잘 모르겠지만 입단 테스트 때는 188㎝인가 그랬습니다."

"188㎝? 와우. 좋겠다, 넌. 키 커서."

"승완 선배님도 작은 키는 아니신데요."

"나도 어디 가서 키로 주눅 들진 않았는데 메이저리그는 딴 세상이더라."

술이 적당히 들어가자 오승완이 본인의 체격 조건에 대한 아쉬움을 털어놓았다.

178㎝의 키가 동양인에게는 결코 작은 키는 아니겠지만 180㎝가 넘는 선수들이 흔하디흔한 메이저리그에서는 아무래도 왜소해 보일 수밖에 없었다.

하지만 박건호는 다소 아담한(?) 키에도 불구하고 메이저리그 무대에서 제2의 돌부처 신화를 써내려가고 있는 오승완이 결코 작아 보이지 않았다.

올 시즌 붙박이 마무리 투수로 전환한 오승완은 68경기에 등판해 38세이브를 올렸다. 평균 자책점은 1.90. 블론 세이브는 단 4차례에 불과했다.

82년생. 만으로 35세인 오승완을 메이저리그 끝판왕으로 만든 비결은 바로 철저한 자기 관리였다.

"그런데 선배님, 안 추우세요?"

"응? 춥니? 좀 따뜻한 곳으로 갈까?"

"아뇨, 선배님 반팔이셔서……."

"난 또 무슨 소리인가 했네. 난 원래 긴팔 잘 안 입어. 추위도 잘 안 타지만 긴 티는 솔직히 좀 끼거든."

오승완이 우람한 팔뚝에 힘을 주며 말했다. 그러자 가뜩이나 허벅지만 한 팔뚝이 터질 듯 부풀어 올랐다.

"선배님 웨이트 엄청 하시나 봐요."

"엄청 하지. 아니, 안 하곤 못 견디겠더라. 애들이 다들 크고 몸도 좋잖아. 나도 질 수 없다는 조바심이 드니까 자꾸 웨이트만 하게 돼."

"웨이트 하면 어때요? 구속이나 무브먼트가 좋아지나요?"

"글쎄. 솔직히 구속이 빨라지는 건 잘 모르겠어. 다만 전체적으로 근육의 질이 좋아지니까 구위는 좀 나아지는 것 같은데?"

"그럼 저도 선배님처럼 웨이트 열심히 해볼까요."

"너는 나처럼 안 해도 괜찮아. 지금도 구속 좋잖아. 안 그래?"

"그래도……."

"하하. 투수마다 생겨먹은 게 다르듯 운동하는 방법도 다른 거지. 넌 너한테 맞는 스타일대로 운동하면 돼. 나는 원래 무식하게 운동해야 마음이 편한 것뿐이니까."

오승완은 박건호에게 자신의 경험담을 안주 삼아 술술 일러주었다.

한국에서 시작해 일본을 거쳐 메이저리그에 이르기까지. 한미일 3국의 야구 스타일을 전부 경험한 오승완의 경험은 돈을 주고 살 수 없을 만큼 귀한 정보들이었다.

박건호는 혹시라도 놓칠까 봐 귀를 쫑긋 세우고 오승완의 이야기를 경청했다. 그렇게 한 시간쯤 지나자 오승완과도 형, 동생 하는 사이가 되어버렸다.

"그런데 형은 계약 어떻게 하실 거예요?"

"계약? 짜식, 센데?"

"……네?"

"솔직히 여기 와서 내 계약 물어본 건 네가 처음이거든."

메이저리그 도전을 선언한 2015년 말, 오승완은 카디널스와 2년 계약에 합의했다.

보장 기간은 1년. 거기에 구단 옵션까지 더해 최대 2년간 카디널스에서 뛸 수 있었다.

2016년 카디널스 불펜의 수호신으로 자리매김한 오승완은 올해 마무리 투수로 활약하며 2년 계약을 꽉 채웠다.

세간에 알려진 오승완의 계약 조건은 2년에 1,100만 달러. 연 평균 550만 달러 규모였다.

작년에 아롤디르 채프먼(5년 8,600만 달러)과 켈리 젠슨(5년 8,000만 달러)이 나란히 연평균 1,500만 달러를 넘으면서 불펜 투수들의 몸값도 대폭 상향됐다.

묵직한 포심 패스트볼과 다양한 경험을 앞세워 안정감 있는 모습을 보여준 오승완도 FA 시장에 나간다면 기존 계약보다 높은 계약을 받을 가능성이 농후했다.

문제는 오승완의 나이. 오승완이 아무리 자기 관리를 철저하게 하고 있다 하더라도 만으로 서른여섯에 접어드는 아시아 투수에게 대박 계약을 안겨줄 만한 구단은 많지 않았다.

가장 유력한 행선지로 꼽히는 소속 구단 카디널스도 몸을 사리긴 마찬가지였다.

언론을 통해 오승완이 꼭 필요하다고 떠들어 대면서도 한편으로는 3년 이상의 장기 계약은 위험하다며 간을 보고 있었다.

"넌 FA까지 몇 년 남았냐?"

"저야 아직 멀었죠."

"아, 참. 그렇지. 너 올해 루키 시즌이지?"

"네, 전 앞으로 5년 꽉 채워야 해요."

"5년 금방이다. 그래도 너 정도면 내년부터는 연봉 조정 신청 가능할 거 같은데."

"내년…… 이요? 내후년 아니에요?"

"내년에 올해만큼만 던지면 너도 슈퍼 2 대상자 될 거 같은데?"

메이저리그에서 연봉 조정 신청 자격이 주어지는 건 4년 차부터다. 루키 시즌부터 2년 차, 3년 차 연봉까지는 구단이 주는 대로 받는 게 원칙이었다.

하지만 예외가 있었다. 3년 차 선수들 중 서비스 타임 상위 22퍼센트의 선수들은 3년 차 때부터 구단과 연봉 협상이 가능했다.

개인 성적이 아니라 서비스 타임 일수에 따라 혜택이 주어진다는 점에서 어느 정도 변수가 생길 수는 있었다.

하지만 데뷔 첫해 안정적으로 메이저리그에 정착한 박건호라면 앞으로 두 해 정도는 풀타임으로 시즌을 치를 가능성이 높았다.

"너 올해 25인 로스터 며칠 채웠니?"

"글쎄요. 5월 말에 올라왔으니까 130일 정도는 채운 거 같은데요."

"좀 아슬아슬하긴 하지만 내 생각에는 충분히 가능할 거야. 만약에 네가 슈퍼 2 대상자가 되지 못하더라도 3년 정도 꾸준한 성적을 보인다면 다저스가 먼저 장기 계약하자고 덤벼들 겠지."

장기 계약이라는 말에 박건호가 눈을 반짝거렸다. FA 시장에 거품이 잔뜩 끼면서 요즘에는 서비스 타임을 끝내기 전에 실력 있는 선수들을 장기 계약으로 묶어두는 게 유행처럼 번지고 있었다.

"장기 계약하면 얼마나 받을 수 있을까요?"

"왜? 궁금해?"

"솔직히 궁금하긴 해요."

"글쎄다. 일단 나라면 4년 차쯤 연 천만 달러 정도 제안해 보겠다. 내년과 내후년에 10승 정도 거둔다는 전제하에 말이야."

"처, 천만 달러나요?"

"앞으로 2년간 메이저리그 선수들의 몸값이 더 높아질 걸 감안한 금액이긴 하지만 그 정도는 받을 만하지. 해마다 10승을 책임져 줄 젊은 좌완 투수는 메이저리그에서도 흔치 않으니까."

지난해 메이저리그에서 성공을 거두면서 오승완은 자신의 가치가 궁금해진 적이 있었다.

서른넷, 전성기를 다소 지난 나이가 아니라 한창 젊은 시절, 정말로 돌을 던지던 그 시절에 메이저리그에 왔으면 어땠을까.

모르긴 몰라도 20대 중반에 루키 시즌을 치렀다면 FA가 되기 전에 연평균 500만 달러 정도의 장기 계약도 가능할 것 같았다.

물론 희망사항이긴 하지만 특급 마무리 투수의 몸값이 1,500만 달러 이상까지 치솟은 상황에서 500만 달러 정도는 받아야 자존심이 설 것 같았다.

같은 투수로서 오승완은 박건호의 가치를 높이 평가했다. 190㎝에 육박하는 큰 키에 좌투수라는 이점, 좋은 체격 조건, 빠른 공에 이르기까지 박건호의 장점은 많았다.

하지만 그중에서도 올해로 만 열여덟이라는 사실이 가장 큰 장점이라고 여겼다.

박건호가 서비스 타임 6년을 채우고 FA 시장에 나가면 만으로 스물셋이다.

6년간 올해만큼의 성적을 유지한다는 게 쉽진 않겠지만 평균 10승씩만 거두어도 천문학적인 계약 조건이 밀려들 게 뻔했다.

만약 다저스가 박건호를 일찍 묶어둘 마음이 있다면 연 평균 천만 달러 정도는 내놓아야 옳았다.

20대 중반의 불펜 투수 기준으로도 500만 달러라는 기대치를 가지고 있는데 선발 투수라면 그 두 배 정도는 받아줘야 했다.

관건은 역시나 기량 유지였다. 꾸준한 성적을 유지하는 건 어느 정도 경지에 오른 프로 선수들에게도 쉽지 않은 일이었다.

게다가 박건호가 정말로 좋은 성적을 유지한다 해도 변수는 남아 있었다.

"그런데 건호야, 너 지금 에이전트하고 언제까지 계약한 거야?"

"……네?"

"브라이언 최 말야. 설마 그 친구하고 계속해서 일할 건 아니지?"

박건호는 순간 말문이 막혀 버렸다. 오승완이 에이전트를 걸고넘어질 줄은 예상하지 못한 것이다.

"좀 갑작스럽니?"

"네, 조금요."

"흠……. 지금 에이전트하고는 잘 지내고?"

"네, 좋은 형이에요."

"일은 어때?"

"……네?"

"일적으로 말이야. 잘하는 거 같냐고."

"네, 특별히 불만은 없어요."

"뭐, 나도 부지런하다는 이야기는 들었으니까. 하지만 건호야, 냉정하게 말해서 브라이언 최 그 친구가 너한테 대박 FA 계약을 안겨줄 수 있을 것 같아?"

메이저리그 선수는 대부분 에이전트를 고용해 구단과 계약을 채결한다. 일개 선수가 구단을 상대하기가 그만큼 쉽지 않기 때문이었다.

메이저리그에는 수많은 에이전트가 활동하고 있다.

하지만 그들 중 이름난 에이전트는 소수에 불과했다. 그리고 그 이름난 에이전트들이 대형 계약을 채결할 만한 선수를 대다수 확보하고 있었다.

"나도 지금 내 일을 돕고 있는 대니 킴을 좋아해. 친구로서도 좋고 파트너로서도 훌륭하지. 하지만 건호야, 내가 너처럼 젊어서 어느 구단과 대박 계약을 맺을 수 있다면…… 나는 아마 에이전트를 바꿨을 거야. 조금 더 능력 있고 나를 위해 그 능력을 써줄 수 있는 에이전트로 말이야."

"그런데 형, 대박 계약을 위해서 꼭 에이전트를 바꿔야 할까요?"

"물론 대니 킴이나 브라이언 최도 좋은 계약 조건을 얻어내기 위해 최선을 다하겠지. 하지만 한계라는 건 분명히 있어. 오래전부터 메이저리그에서 에이전트로 일해 오면서 다양한 데이터와 협상 이력, 정보 등을 갖춘 에이전트와 비교했을 때

과연 누가 더 좋은 계약 조건을 가져와 줄까?"

"그야……."

"건호야, 계약은 현실이야. 의리로 수백만, 아니, 수천만 달러가 날아간다고 생각해 봐. 그 의리를 평생 지킬 수 있겠니?"

"후우……."

"물론 지금 당장 뭘 어쩌라는 이야기는 아냐. 브라이언 최도 아마 노력은 하겠지. 그래도 브라이언 최가 널 감당할 수 없을 때가 오면……."

"네, 그때는…… 진지하게 생각해 볼게요."

"그래."

박건호의 표정이 무거워지자 오승완이 슬그머니 자리를 비켜주었다. 그리고 그 빈자리를 강준호가 차지했다.

"건호야, 올해도 형 만나면 살살 던지는 거 알지?"

강준호도 오승완만큼이나 많은 경험을 이야기해 주었다.

메이저리그의 이런저런 동향들을 시작으로 타자로서 상대해 본 박건호의 장단점까지 가감 없이 털어놓았다.

그 과정에서 에이전트에 대한 이야기도 나왔다. 강준호도 오승완처럼 좋은 계약을 위해서는 보다 큰 에이전트와 함께 일하는 게 낫다고 충고했다.

"월드시리즈에서 우승을 하려면 능력 있는 선수들을 모아야 해. 지출을 아끼려들다간 월드시리즈는커녕 포스트 시즌

문턱도 밟지 못한다고. 마찬가지로 좋은 계약을 맺으려면 능력 있는 에이전트와 계약해야 해. 그게 맞는 거야."

박건호는 묵묵히 고개를 주억거렸다. 오승완과 강준호가 술기운을 빌어 에이전트에 대한 이야기를 해주는 데는 그만한 이유가 있다고 여겼다.

물론 그렇다고 해서 당장 브라이언 최와 결별할 생각은 없었다. 하지만 정말로 선택의 순간이 온다면 보다 현명한 결정을 내리기 위해 많이 고민할 것 같았다.

4

박건호가 세명 고등학교를 방문한 건 해가 지나서였다.

본래는 입국과 동시에 곧바로 세명 고등학교를 찾아갈 생각이었다. 하지만 함께하기로 했던 안승혁의 귀국 일자가 늦어지면서 부득이하게 해를 넘기고 말았다.

"저희가 너무 늦었죠?"

"알면 됐다."

"감독님은 여전하시네요."

"하하, 너희들만 할까?"

조기하 감독은 여전히 무뚝뚝했다. 메이저리그에 진출해서 성공한 제자가 찾아왔는데 특별히 웃지도 들뜨지도 않았다.

하지만 정작 박건호와 안승혁은 조기하 감독이 여전해서 좋았다.

"참, 축하드려요. 봉황기 4강 진출하셨다면서요?"

"4강 가지고 축하는 무슨."

"그래도 고생하셨어요. 솔직히…… 올해는 힘들 줄 알았거든요."

"나도 힘들 거라 생각했다. 건호 너처럼 믿고 맡길 투수도 없고 승혁이처럼 어떻게든 점수를 내줄 타자도 없었으니까. 그런데 야구라는 게 하다 보니까 어떻게든 되더라. 아직도 전력은 약한 편이지만 올해는 제법 괜찮은 신입생들도 들어왔고."

"이러다 우승하는 거 아니에요?"

"내년은 잘 모르겠지만 솔직히 내후년에는 우승이 목표다. 박건호와 안승혁을 배출한 세명고라는 소리를 들으려면 그 정도는 해야지. 안 그러냐?"

조기하 감독이 반쯤 진지한 목소리로 말했다.

그러자 안승혁이 멋쩍은 듯 뒷머리를 긁적거렸다.

"감독님, 저는 빼주세요."

"왜? 승혁이 네가 어때서?"

"전 아직 마이너리그잖아요."

"마이너리그여도 트리플 A잖아. 솔직히 건호가 비정상적으로 빠른 거고."

"그래도요."

"승혁아, 난 건호만큼이나 너도 충분히 자랑스럽다. 고등학교 졸업하고 미국으로 건너가 너처럼 빨리 트리플 A에 자리 잡은 선수도 아마 없을 거다. 게다가 이야기 들어보니 올해는 어떻게든 메이저리그에 올라갈 거라며?"

"언론에서는 그렇게들 말하는데 조금 더 지켜봐야죠."

"어쨌든 유망주로서 인정받는 게 어디냐? 그러니까 조바심 내지 말고 지금까지처럼 열심히만 해라. 노력은 결코 배신하지 않는 법이니까."

조기하 감독이 안승혁의 등을 두드렸다. 빈말이 아니라 안승혁의 활약상은 후배들에게 충분히 귀감이 될 만했다.

고작 한 해 만에 루키 레벨에서 트리플 A까지 올라간 건 아무나 할 수 있는 일이 아니었다.

하지만 안승혁은 여전히 목이 말라 있었다. 바로 옆에 박건호라는 성공 사례가 있는데 고작 트리플 A에서 활약하는 걸로 만족하고 싶지 않았다.

"그래서 말인데 저 타격 폼 좀 봐주세요."

"……뭐?"

"타격 폼이요. 입국 전에 새로 꽂힌 게 있는데 어떤 게 맞는지 좀 봐주세요, 감독님."

갑작스러운 안승혁의 부탁에 조기하 감독이 눈을 끔뻑거렸다.

평소처럼 짙은 선글라스를 썼다면 그나마 나았겠지만 오랜만에 만난 제자들을 대면한답시고 무장해제를 한 상태라 당황한 모습이 고스란히 드러났다.

"야, 갑작스럽게 이러면 어떻게 해?"

보다 못한 박건호가 안승혁을 말렸다. 사제지간이라고는 하지만 불쑥 찾아와 지도해 달라고 청하는 건 예의에 어긋나는 일이었다.

그러나 안승혁은 요지부동이었다.

"감독님, 잠깐이라도 좋으니까 좀 봐주세요. 저 이거 못 정하면 올해 메이저리그 못 올라갈 거 같아요."

"흠……."

조기하 감독이 잠시 신음을 흘렸다. 그러고는 핸드폰을 열어 어딘가로 전화를 걸었다.

잠시 후.

"감독님, 부르셨어요?"

감독실로 스티브 코치를 비롯해 하리모토 코치와 크리스 코치까지 반가운 얼굴들이 줄줄이 들어왔다.

"이게 누구야? 승혁! 잘 지냈어?"

스티브 코치는 예전처럼 안승혁의 옆에 찰싹 붙어서 떨어지지 않았다. 하리모토 코치와 크리스 코치도 박건호의 좌우를 꿰차서는 흐뭇한 표정을 감추지 못했다.

하지만 조기하 감독은 단순히 사제지간에 정다운 시간을 보내라고 코치들을 호출한 게 아니었다.

"스티브, 예전에 나한테 말했던 거 있지?"

"제가요?"

"그래, 지난번에 나한테 몰래 가져왔던 거 있잖아."

"그게 뭘까요? 워낙 많아서 잘 모르겠는데."

"능청 떨지 말고. 승혁이 타격 폼에 대해서 혼자 신나게 연구했던 거 있잖아."

"참, 감독님도. 지난번에 혼내셨으면 됐지 그 이야기를 또 왜 꺼내시는……."

"그거 다시 가져와 봐."

"……네?"

"자네 애제자가 새로운 타격 폼을 찾는다니까 빨리 가져와 보라고."

"그, 그게 정말이에요?"

스티브 코치는 냉큼 자신의 차로 달려가 태블릿을 들고 왔다.

야구부실에서 주차장까지 왕복 1㎞는 되어 보였지만 고작 3분여 만에 나타난 스티브 코치는 가쁜 숨조차 몰아쉬지 않았다.

"승혁! 자, 이것 좀 봐."

"이, 이게 뭔가요?"

"내 친구로부터 받은 승혁의 타격 데이터들이지."

"허……! 이게 전부 다 제 자료라고요?"

"그럼! 내가 말했잖아. 나중에 이 노예 생활의 종지부를 찍으면 승혁이 있는 미국으로 가겠다고."

"그냥 해보신 말씀 아니었어요?"

"그냥이라니! 이거 서운한데?"

"아, 아뇨. 너무…… 좋아서 한 말이에요."

"그렇지? 좋지? 하하. 하지만 야구 외적으로는 날 좋아하지 말라고. 난 그런 취향은 없으니깐 말야."

안승혁이 에인젤스와 계약을 맺은 이후에도 스티브 코치의 안승혁 사랑은 끝나지 않았다. 오히려 직접 가르칠 때보다 더 꼼꼼하게 자료와 영상들을 살피며 안승혁의 성장 방향을 연구했다.

그중에는 안승혁에게 도움이 되는 몇 가지 타격 폼도 포함되어 있었다.

"지금 타격 폼이…… 어디 보자. 이거지?"

"어? 어떻게 아셨어요? 이렇게 바꾼 지 얼마 안 됐는데?"

"내가 말했잖아. 나 발 넓다고. 메이저리그 30개 구단 중에 내 정보원이 없는 곳은 없다니까."

"이건 어떻게 생각하세요? 스윙이 좀 크다는 지적이 많아서 일부러 스탠스를 줄였는데."

"일단 스윙을 간결하게 만들겠다는 생각은 좋아. 하지만……."

스티브 코치와 안승혁은 다른 사람들 눈치 보지 않고 편안하게 타격 폼에 대한 이야기를 늘어놓았다. 조기하 감독도 틈틈이 대화에 끼며 안승혁에게 생각할 거리를 던져 주었다.

그러자 하리모토 코치와 크리스 코치도 좀이 쑤셨는지 박건호의 옆구리를 쿡쿡 찔렀다.

"건호, 우리도 나가자."

"예? 왜, 왜요."

"왜긴 왜야. 다저스 영건의 실력 좀 보자 이거지."

"밖에 추운데요."

"잔말 말고 나와. 솔직히 건호, 너도 근질근질하잖아. 안 그래?"

"아, 진짜. 추운데."

박건호는 마지못한 얼굴로 운동장으로 나갔다. 하지만 그것도 잠시. 잘 정비된 간이 마운드를 보자 알아서 몸을 풀기 시작했다.

"명훈! 재진! 이쪽으로 와!"

크리스 코치가 공을 받아줄 포수와 타석에 들어설 타자를 불렀다.

"안녕하세요, 선배님. 홍명훈입니다. 저 기억하세요?"

"아, 명훈이구나? 네가 주전 포수야?"

"네, 일동 선배 졸업해서 이제 제가 주전 포수입니다."

"그래, 잘 부탁한다. 그런데 재진이 너는 몸 엄청 좋아졌다?"

"헤헤. 올해만 10센티 넘게 컸습니다."

"그런데 너무 근육만 키운 거 아냐?"

"저 올해 홈런만 5개 쳤습니다, 선배님."

"야, 건호 선배님은 메이저리그 11승 투수거든?"

"아, 참. 그랬지."

홍명훈과 최재진은 박건호가 3학년일 때 입학한 선수들이었다. 그 당시에는 경기에 내보낼 수조차 없다는 평가를 받았었는데 지난 1년 사이에 부쩍 성장해 있었다.

하지만 지난 1년 사이 성장한 건 박건호도 마찬가지였다.

퍼엉!

박건호가 가볍게 내던진 포심 패스트볼이 묵직한 포구 소리를 내며 미트에 처박혔다. 그 공을 엉겁결에 받은 홍명훈이 하얗게 질린 얼굴로 스티브 코치를 바라봤다.

"코, 코치님. 저 이 공 못 받을 거 같아요."

"괜찮아, 명훈. 안 죽어."

“코, 코치님은 안 받아보셨잖아요. 죽을 거 같아요. 지금도 손바닥 터질 것 같다고요.”

가벼운 마음으로 포수석에 앉았던 홍명운은 시종일관 앓는 소리를 멈추지 않았다. 방망이를 들고 타석에 섰던 4번 타자 최재진도 마찬가지.

“헉!”

“으악!”

구석구석을 찌르는 박건호의 공에 엉덩이를 빼느라 정신이 없었다.

“이래서는 전혀 도움이 안 되겠는데.”

크리스 코치가 고개를 흔들어 댔다.

그러자 하리모토 코치가 씩 웃으며 말했다.

“그럴 줄 알고 도우미를 불렀지.”

“도우미?”

“아, 저기 오는군.”

하리모토 코치의 호출을 받고 달려온 건 안상원과 고상민이었다. 신인 드래프트에서 프로 지명을 받지 못한 이후로 둘 다 세명 대학교 야구부에 진학한 상태였다.

“야, 박건호. 매번 연락할 때마다 바쁘다더니 여기 와 있었냐?”

“그러는 너는? 전지훈련 중이라며?”

"너 왔다는데 이 형이 가만있을 수 있어야지. 그래서 큰 맘 먹고 전세기 불렀다."

"뻥치지 말고. 어제 들어온 거냐?"

"빙고! 그런데 저 애송이들은 뭐냐? 설마 재들 데리고 공놀이하고 있었냐?"

입담 좋은 고상민의 등장에 최재진과 홍명훈이 냉큼 자리를 비켜주었다. 그러자 안상원이 어쩔 수 없다며 홍명훈의 포수 장비를 착용했다.

"그럼 난 타자인가?"

고상민이 방망이를 들며 씩 웃어 보였다.

하지만 그것도 잠시.

"상민아, 방망이 이리 줘라."

뒤늦게 등장한 안승혁에게 밀려 심판석으로 자리를 옮길 수밖에 없었다.

"승혁, 일단은 치지 말고 대기 해. 건호의 공을 좀 봐야 할 것 같으니까."

"넵, 코치님."

"건호! 그럼 포심 패스트볼부터 가볍게 던져 봐!"

하리모토 코치의 주문에 박건호가 있는 힘껏 투구판을 박찼다. 비시즌이라 시즌만큼 구속이 나오지 않을 줄 알았는데 순식간에 홈 플레이트를 가른 공이 안상원의 미트를 매섭게 파고들었다.

"와우, 이거 장난 아닌데?"

안상원이 혀를 내둘렀다. 스피드건으로 측정한 건 아니지만 적어도 152~3㎞/h 정도는 나올 것 같았다.

"확실히 공을 채는 게 좋아졌는데?"

마운드 바로 옆에서 박건호의 투구를 지켜보던 하리모토 코치가 만족스런 표정을 지었다.

"무브먼트도 훌륭해. 마지막까지 공이 살아서 날아드는 기분이라고."

포수석 근처에 서 있던 스티브 코치도 고개를 끄덕였다.

"자, 그럼 슬라이더를 볼까?"

포심 패스트볼을 다섯 개쯤 던지자 하리모토 코치가 구종 변경을 요구했다.

세명 고등학교 시절 박건호가 땅볼형 투수로 거듭날 수 있었던 건 바로 슬라이더 덕분이었다. 하지만 정작 메이저리그에서는 생각만큼 구사 빈도가 높지 않았다.

퍼엉!

박건호의 손끝을 빠져나간 공이 홈 플레이트 가장자리를 파고들더니 마지막 순간에 날카롭게 꺾여 들어갔다.

"크으!"

누구보다 박건호의 슬라이더를 많이 받아왔던 안상원의 입에서 절로 감탄이 터질 정도였다.

하지만 하리모토 코치는 심각한 표정을 지었다. 스티브 코치의 반응도 별반 다르지 않았다.

"뭔가 애매하지?"

"확실히 그래. 이건 슬라이더라기보다는……."

"커터의 궤적에 가깝지?"

"역시. 자네도 그렇게 생각하는군."

메이저리그를 거치면서 박건호의 슬라이더는 커터화되어 있었다. 문제는 커터라고 하기에는 구속이나 무브먼트가 아쉽다는 점이었다.

"일단 나머지 공들도 살펴보자고."

박건호는 슬라이더에 이어 커브와 체인지업, 투심 체인지업을 선보였다.

짧은 마이너리그 생활을 거치고 메이저리그 무대에서 살아남으면서 박건호의 변화구들은 세명 고등학교 시절보다 조금씩 달라져 있었다.

"커브는 확실히 좋아졌는데? 몇 년 정도 더 다듬으면 좋은 공이 되겠어."

"어차피 쉽게 익힐 수 있는 구종은 아니니까."

"체인지업은 좀 아쉬운데, 포심 체인지업은 물건이야."

"내 생각도 같아. 이건 나중에 우리 애들한테 가르쳐 주고 싶을 정도라고."

투수 지도 방식을 두고 자주 부딪치는 두 사람이었지만 박건호의 피칭에 관해서는 이견을 보이지 않았다. 덕분에 박건호도 개선 방향을 쉽게 파악할 수 있었다.

"건호, 미국으로 언제 가는 거야?"

"일단 예정은 다음 주인데요."

"급한 일이 없으면 조금 더 머물다 가는 건 어때? 내가 큰 도움이 될 수 있을지는 모르겠지만 내년 시즌 준비를 하는 데 뭔가 도움을 주고 싶은데 말야."

"나도 하리모토와 같은 생각이야."

하리모토 코치와 스티브 코치의 제안에 박건호는 대수롭지 않게 고개를 끄덕였다.

미국에 간들 어차피 자율 훈련을 해야 한다. 스승으로 모셨던 모렐 허샤이저와 샌드 쿠펙스는 비시즌이 더 바쁜 양반들이라 마땅히 조언 구할 데도 없는 처지였다.

"그럼 잘 부탁드립니다."

세명 고등학교에서 지도를 받던 그때처럼 박건호는 하리모토 코치와 스티브 코치를 향해 정중하게 고개를 숙였다.

그렇게 박건호의 2018 시즌이 시작됐다.

26장
업그레이드

1

하리모토 코치는 박건호의 바꾼 투구 폼부터 다시 살폈다.

"나도 크로스 스텝보다는 스퀘어 스텝으로 던지는 게 좋다고 생각해. 다만 크로스 스텝에 익숙했던 투구 밸런스가 스퀘어 스텝으로 던지면서 미묘하게 틀어진 것 같으니까 그 부분을 보정해 보자."

하리모토 코치는 한국의 아마 야구 투수 코치라는 게 믿기지 않을 만큼 투구 이론에 대해 박식했다.

게다가 이론만을 강요하지 않았다. 자신이 옳다고 생각하는 부분도 박건호와 맞지 않으면 배제하는 융통성도 가지고 있었다.

덕분에 박건호는 루키 시즌 때 미묘하게 거슬렸던 느낌들을 다수 없앨 수 있었다.

"투심 체인지업을 던져 봤으니 알겠지만 메이저리그에서 살아남으려면 결국 홈 플레이트 앞에서의 무브먼트가 중요해. 그러니까 투심과 커터 같은 변형 패스트볼을 함께 던지는 것도 도움이 될 거야."

스티브 코치는 박건호의 슬라이더를 커터로 교정하는 데 공을 들였다.

다양한 커터 그립들을 가지고 와 박건호에게 맞는 그립을 찾아낸 뒤 가장 유효한 무브먼트를 찾는 데 집중했다.

그 과정에서 박건호는 투심 패스트볼도 연습했다. 그립이나 투구법은 모렐 허샤이저에게 전수받은 게 있기 때문에 새로 익힐 필요는 없었다.

박건호가 세명 고등학교에서 훈련하고 있다는 소식이 전해지자 몇몇 프로 구단과 대학에서 합동 훈련을 제안했다. 국내뿐만 아니라 일본 프로 구단에서도 박건호와 안승혁에게 관심을 보였다.

하지만 박건호와 안승혁은 주변의 호의를 정중하게 거절했다.

"현신 선배가 이런 거 받아두면 나중에 다 배로 갚아야 하는 거라 그랬어.”

“그래? 그럼 받지 말아야지.”

“그래. 여차하면 너하고 나하고 둘이 훈련해도 되는 거고.”

“이사장님도 우리만 좋다면 세명 대학교 해외 전지훈련 참가하라고 하셨잖아. 그것도 나쁘지 않지.”

박건호와 안승혁은 고심 끝에 세명 대학교 전지훈련에 합류하기로 결정을 내렸다.

물론 훈련비는 몇 곱절로 냈다. 조태식 이사장이 그럴 필요 없다고 만류했지만 박건호와 안승혁은 남은 훈련비는 나중에 야구부를 위해서 써 달라며 고집을 꺾지 않았다.

“역시, 내 눈이 정확했습니다. 하하. 이렇게 훌륭한 선수들이 우리 세명 고등학교 졸업생이라고 생각하니…… 막 눈물이 나려고 합니다.”

조태식 이사장은 박건호와 안승혁의 뜻을 고맙게 받아들여 두 사람의 이름으로 된 야구 장학금을 만들겠다고 발표했다. 그리고 그 사실을 잘 알고 지내는 기자들에게 전했다.

다저스 박건호, 에인젤스 안승혁 모교 선수들을 위해 천만 원 상당 후원금 전해!

역시 박건호! 동기 안승혁과 모교에 후원금 기탁!

박건호와 안승혁이 세명 대학교 및 고등학교 야구부와 전지훈련을 떠난 사이 후원금 관련 기사들이 하나둘씩 올라왔다.

ㄴ뭐야? 꼴랑 천만 원?

ㄴ야, 있는 놈들이 더하다더니 천만 원이 뭐냐? 한 몇억씩 해야 하는 거 아니냐?

ㄴ그러게. 이야기 들어보니 CF도 두 편 찍었다던데.

ㄴ건호야, 잘 모르나 본데 이런 때는 팍팍 쓰는 거야. 쫌팽이처럼 굴어봐야 티도 안 난다.

기사 초반에 달린 댓글들은 좋지 않았다. 메이저리그에서 큰돈을 벌 것 같은 박건호가 고작 천만 원 정도를 내놓았다고 하니 생색내기쯤으로 느껴진 것이다.

하지만 자칭타칭 메이저리그 전문가들이 들어붙으면서 분위기가 달라졌다.

ㄴ꼴랑 천만 원이라는 댓글 뭐냐? 넌 백만 원이라도 기부해 봤냐?

ㄴ메이저리그 가면 다들 몇백억씩 버는 줄 아는데, 박건호 신인이다. 올해 받은 연봉 세금 다 떼면 3억쯤 될 거다. CF 찍

었다 해도 바로 정산되겠냐? 아직 미국에서 살 집도 못 구했을 텐데 천만 원이면 많이 낸 거지.

ㄴ맞아. 솔직히 후원금 낼 곳이 모교뿐이겠냐? 모르긴 몰라도 이곳저곳에서 후원하라고 벌 떼처럼 달려들 거다.

ㄴ박건호 우리 나이로 이제 스물한 살이다. 스물한 살한테 뭘 그리 바라는데?

ㄴ맞아. 나중에 열심히 돈 벌면 시키지 않아도 알아서 후원 잘할 테니 신경들 꺼라.

물론 일각에서는 아시안 게임을 코앞에 둔 박건호가 이미지 메이킹을 하는 것이라는 의심도 없지 않았다.

하지만 메이저리그에서 실력으로 11승을 거두었다는 점에서 박건호가 국가 대표 발탁을 애걸할 입장은 아니라는 의견이 주를 이루었다.

ㄴ솔직히 박건호가 올해도 작년만큼만 던져 준다면 국대로 모셔 와야 하는 거 아니냐?

ㄴ내 말이 그 말이야. 지금 박건호 말고는 뽑을 투수도 없는데 뭔 말도 안 되는 소릴 떠드는 거야?

ㄴ박건호가 올해 부상을 당했거나 특별히 부진하지 않는데도 대표 팀에 발탁되지 않는다면 그게 음모론이다.

ㄴ동감. 솔직히 나는 류현신 팬이라 박건호 썩 좋아하진 않지만 조금만 경험 쌓으면 류현신만큼은 던질 거다.

모 인기 스포츠 프로그램에서 아시안 게임 전망을 하면서 박건호의 승선 여부를 언급하자 여론은 더욱 뜨거워졌다.

ㄴ아무리 박건호가 메이저리그에서 11승을 했어도 이런 식으로 승선하는 건 반대임.

ㄴ맞음. 솔직히 국대는 국내 선수들에게 우선 기회를 줘야 하는 거 아닌가?

ㄴ박건호도 양심이 있으면 이번에는 빠지고 도쿄 올림픽 때 참가하는 게 맞다고 봄. 키워야 할 젊은 선수들이 쌓여 있는데 박건호가 숟가락 밀어 넣는 건 병역 혜택 받겠다는 소리밖에 안 됨.

ㄴ솔직히 박건호가 대표 팀 와서 도움이 된다는 보장도 없잖아. 안 그래? 선발로 쓰려면 적어도 2, 3년은 꾸준한 모습 보여줘야지.

ㄴ박건호가 검증되지 않았다는 건 어디서 나온 개소리냐? 검증되지 않은 선수가 메이저리그에서 11승을 거둘 수 있다고 보는 거냐?

ㄴ니들이 좋아하는 선수들 병역 혜택 받게 하고 싶은 건 알

겠는데 애꿎은 박건호 흔들지 마라. 솔직히 말해서 박건호 빠지면 누구 데려갈 건데? 서른 넘어서 골골대는 베테랑들 데려갈 거냐? 아니면 용병들에게 치여 선발 기회조차 잡지 못하는 듣보잡들 데려갈 거냐?

ㄴ야, 박건호 올해 11승 했다. 평균 자책점은 1.99다. 그것도 메이저리그에서 기록한 거다. 기록 가지고 깔 거면 니들이 빨아대는 잘난 선수들 기록부터 가져와 봐라 어디.

모 포탈에서 진행된 설문 조사에 따르면 박건호를 무조건 대표 팀에 승선시켜야 한다는 의견이 67.4퍼센트에 달했다.

올해 성적을 보고 결정해야 한다는 의견은 21.5퍼센트. 아직은 조금 더 지켜봐야 한다는 의견은 4.8퍼센트에 불과했다.(기타 의견 6.3퍼센트)

하지만 현장에서 실시한 여론 조사는 분위기가 달랐다.

전, 현직 감독을 비롯해 현역 선수들을 대상으로 한 설문 조사에서 박건호를 대표 팀에 선발시켜야 한다는 의견은 10퍼센트에 불과했다.

50퍼센트의 응답자는 올해 성적을 봐야 한다고 답했고 아직은 이르다는 응답도 30퍼센트에 달했다.(기타 의견 5퍼센트)

"그러니까…… 건이 대표 팀에 뽑힌다는 이야기야, 뽑히지 않는다는 이야기야?"

한국의 여론을 전해 들은 알렉스 인터폴리스 부사장이 미간을 찌푸렸다. 그러자 비서 세런 테일러가 안경을 고쳐 쓰며 대답했다.

"아시안 게임이 열릴 때까지는 아직 시간이 많이 남아 있으니까 지금으로서는 알 수가 없어요."

"그 망할 아시안 게임이 언제라고 했지?"

"8월 말이에요."

"8월 말? 그 중요한 시기에 건을 다른 대회에 보내자고? 지금 제정신으로 하는 말이야?"

자카르타에서 열리는 제18회 아시안 게임은 8월 18일부터 9월 2일까지 진행된다. 공교롭게도 포스트 시즌 진출 팀이 결정되는 시즌 막판과 거의 맞물려 있었다.

"못 보내. 아니, 안 보내. 건도 다저스를 버리고 아시안 게임에 참석하진 않을 거라고!"

알렉스 인터폴리스 부사장이 단단히 열을 냈다. 시즌이 완전히 끝난 뒤라면 몰라도 시즌 막판에 다저스의 성적이 어찌 될지 장담하기 어려운 시기에 박건호를 대표 팀에 보내줄 수는 없는 노릇이었다.

박건호가 다저스의 주요 전력이라는 점에 대해서는 세런 테일러도 100퍼센트 동의했다.

신인들에 대한 평가가 박한 전문가들조차 박건호의 놀라운

데이터를 언급하며 다저스의 주축 선발 투수로 성장할 거라 단언하고 있었다.

ESPM을 비롯한 메이저리그 전문 매체들도 박건호가 최소 신인왕을 거머쥔 작년보다 나은 성적을 거둘 거라는 전망을 내놓고 있었다.

박건호가 건강상의 문제없이 풀타임을 소화했을 때 기대 승수는 15승 전후였다. 하지만 박건호가 아시안 게임 참가로 2주를 빠진다면 이야기는 달랐다.

등판 일정을 잘 맞춘다 해도 휴식을 포함해 3주 이상 선발 로테이션을 거를 가능성이 높았다. 경우에 따라서는 아시안 게임 시점에서 시즌을 조기에 끝마치게 될지도 몰랐다.

아시안 게임으로 인해 박건호라는 전력을 100퍼센트 활용하지 못하게 될 경우 다저스의 손실은 이만저만이 아니었다.

박건호의 부재로 선발 로테이션에 구멍이 생기면서 불펜의 피로도가 높아지고 그 여파가 마운드 붕괴로까지 이어진다면 다저스의 포스트 시즌 진출조차 장담하기 어렵게 될 수도 있었다.

하지만 세런 테일러는 박건호의 아시안 게임 참가 문제를 근시안적으로 봐서는 안 된다고 말했다.

"나 역시 건을 대표 팀에 보내고 싶지 않아요. 하지만 건이 한국인인 이상 병역 문제는 반드시 해결해야 해요. 그리고 아시안 게임은 한국의 야구 선수가 병역 문제를 깨끗하게 해결할 수 있는 거의 유일한 대회에요."

"젠장! 한국은 어째서 모병제가 아닌 거야?"

"몇몇 대선 후보가 선거 때마다 모병제를 제안하고 있긴 하지만 건이 군대에 강제 징집되기 전까지 병역법이 바뀔 가능성은 없어요. 그러니까 한국의 병역 제도를 따지는 건 무의미한 일이에요."

"누가 그걸 몰라? 답답하니까 하는 소리 아냐!"

알렉스 인터폴리스 부사장이 목소리를 높였다. 그 역시도 한국이 분단국가이며 한국의 성인 남성이라면 누구나 군대를 다녀와야 한다는 상식 정도는 알고 있었다.

다만 박건호의 병역 문제를 해결할 유일한 대회라는 게 하필 올해 애매한 시점에 열린다는 게 짜증이 날 뿐이었다.

"아시안 게임이라는 거 올림픽처럼 4년에 한 번씩 열리는 거 아냐?"

"맞아요. 하지만 건을 다음 번 아시안 게임에 내보내겠다는 생각은 버리는 게 좋아요."

"어째서?"

"다음번 아시안 게임에 야구가 정식 종목으로 채택될지는 아무도 모르거든요."

"젠장할! 그럼 올림픽은? 내후년에 도쿄 올림픽이 열리잖

아. 그때 병역 혜택을 받는 것도 가능하지 않아?"

"물론 가능하죠. 하지만 알렉스, 잘 생각해 봐요. 도쿄 올림픽은 후반기 시작할 때 열려요. 시즌 막판에 건이 빠지는 것보다는 낫겠지만 마찬가지로 장기 이탈은 불가피해요."

"그래도 올해 당장 빠지는 건 아니잖아."

"그런 식의 접근 방식은 현명하지 못해요. 오히려 난 할 수 있다면 최대한 빨리 건이 병역 문제를 해결할 수 있도록 돕는 편이 낫다고 생각해요."

"어째서? 혹시…… 계약 때문에?"

"건이 아시안 게임에 참가하면 25인 로스터에서 빠질 수밖에 없어요. 자연스럽게 메이저리그 등록 일수가 줄어들 테고……."

"슈퍼 2에서 빠질 수도 있다 이거로군."

"네, 그렇게 되면 자연스럽게 장기 계약으로 끌고 갈 분위기가 만들어지겠죠."

각 구단의 유망주들은 메이저리그에 올라오면 최소 3년간은 구단이 주는 대로 연봉을 받게 된다.

하지만 메이저리그 2~3년 차 선수들 중 메이저리그 등록 일수 상위 22퍼센트 안에 드는 선수들에게는 1년 먼저 연봉 조정 신청 자격이 부여된다.

슈퍼 2 조항의 혜택을 받느냐, 그렇지 못하느냐에 따라 선수가 챙길 수 있는 연봉은 상당한 차이가 있었다.

"그러니까 건을 제임스 실드로 만들자 이거지?"

"재능 면에서 건은 제임스 실드를 뛰어넘을 가능성이 높죠. 하지만 다저스의 재정 상황을 감안하자면 굳이 콜 헤먼스의 계약을 따라갈 필요는 없다고 생각해요."

필리스는 2006년 5월 12일에 콜 헤먼스(83년생 좌완 투수, 현 레인저스)를 메이저리그에 데뷔시켰다.

그리고 레이스는 제임스 실드(81년생 우완 투수, 현 화이트삭스)를 콜 헤먼스보다 19일 늦은 2006년 5월 31일에 메이저리그로 불러 올렸다.

데뷔 이후 3년간 콜 헤먼스와 제임스 실드는 비슷한 성적을 거뒀다.

콜 헤먼스는 84경기에 등판해 38승 23패, 평균 자책점 3.43을 기록했다.(543이닝 518탈삼진)

제임스 실드는 85경기에 나서 32승 24패. 평균 자책점 3.96을 올렸다.(554이닝 448탈삼진)

세부 지표까지 모든 게 동일할 수는 없겠지만 표본적인 성적만 놓고 보자면 콜 헤먼스와 제임스 실드의 활약상은 거의 비슷하다고 봐도 무방했다.

하지만 정작 3년 차 때 콜 헤먼스와 제임스 실드의 연봉은 큰 차이로 벌어졌다.

콜 헤먼스의 2007년 연봉은 40만 달러. 2008년은 50만 달러였다.

슈퍼 2 조항 덕분에 1년 일찍 연봉 조정 신청 자격을 얻게 된 2009년은 무려 435만 달러.

2010년은 665만 달러를 손에 넣었고 FA를 앞둔 2011년에는 950만 달러를 챙겼다.

반면 제임스 실드는 콜 헤먼스만큼 대우를 받지 못했다.

2007년 연봉은 약 40만 달러. 2008년에는 100만 달러를 받았으나 이는 구단과 장기 계약(4년 1125만 달러)한 결과일 뿐 연봉 조정 신청으로 얻어낸 금액은 아니었다.

젊은 유망주들을 싼 값에 오래 묶어두려는 구단의 생리 상 제임스 실드는 이후에도 생각만큼 많은 연봉을 받지 못했다.

2009년 150만 달러, 2010년 250만 달러, 2011년 425만 달러.

스스로는 늦어진 연봉 조정 신청 자격 대신 안정적인 장기 계약을 맺었다고 생각할지 몰라도 같은 기간 콜 헤먼스보다 연봉을 천만 달러 이상 손해 본 것이다.

물론 콜 헤먼스와 제임스 실드의 가치를 동일 선상에 놓고 따지는 건 무리가 있었다.

콜 헤먼스가 두 살 어린 데다 좌완이라는 이점이 있으니 상대적으로 콜 헤먼스의 가치가 조금 더 높이 평가받는 게 당연했다.

하지만 데뷔 초반의 성적만 놓고 봤을 때 슈퍼 2 조항의 혜택을 받지 못한 제임스 실즈의 손해는 엄청났다. 그리고 그만큼 레이스 구단은 필리스 구단보다 많은 돈을 아낄 수 있었다.

현재 대다수의 구단은 유망주들을 5월 이후에 메이저리그에 올리는 추세다.

유망주들이 팀에 완전히 자리를 잡는 경우 2년 차와 3년 차는 풀타임을 소화할 가능성이 높으니 슈퍼 2 조항을 피하기 위해 일부러 데뷔 시즌의 메이저리그 일수를 줄이려 드는 것이다.

그렇다 보니 메이저리그 등록 일수 상위 22퍼센트라는 기준이 다소 애매해졌다. 고작 며칠 차이에 따라 선수들과 구단들의 희비가 엇갈리는 일들이 비일비재해진 것이다.

물론 다저스는 애당초 박건호를 주전감으로 콜업한 게 아니었다. 불펜이 흔들리는 가운데 좌완 투수가 필요했고 때마침 박건호가 눈에 들어왔던 것뿐이다.

그 시기가 공교롭게도 5월 말이 된 건 슈퍼 2 조항과는 거의 무관한 선택이었다.

하지만 박건호는 주어진 기회를 잘 잡아 어느새 다저스의 선발진을 책임지는 선수로까지 성장했다.

그나마 데뷔 시점이 좀 늦어지면서 슈퍼 2 혜택의 경계선상에 놓이게 됐지만 슈퍼 2 혜택이 확정적인 기존 선수들이 메이저리그 등록 일수를 까먹는 경우가 생기지 말라는 보장은 어디에도 없었다.

“만약 건이 슈퍼 2가 아니라면 장기 계약은 가능한 거야?”

알렉스 인터폴리스 부사장이 세런 테일러를 똑바로 바라봤다. 그러자 세런 테일러가 가볍게 웃으며 고개를 끄덕였다.

“적어도 FA 전까지는 건의 연봉 상승을 묶어둘 수 있을 거예요.”

“FA라. 더 길게는 안 되나?”

“가능은 하겠지만 정상적인 에이전트라면 옵트 아웃을 걸어두겠죠.”

“하긴, 고작 푼돈이나 벌자고 에이전트 하는 건 아닐 테니까.”

알렉스 인터폴리스 부사장이 쓴웃음을 지었다. 선수가 많은 돈을 받을수록 더 많은 수수료를 챙길 수 있는 에이전트 입장에서 일생일대의 대목인 FA를 쉽게 포기할 리 없었다.

그러나 고작 박건호를 4년 정도 묶어두는 장기 계약은 알렉스 인터폴리스 부사장의 성에 차지 않았다.

“8년 정도.”

“……?”

“8년 정도 건을 다저스에 묶어두려면 얼마가 필요할까?”

"그, 글쎄요."

갑작스런 알렉스 인터폴리스 부사장의 질문에 세런 테일러가 잠시 말을 더듬었다.

하지만 그것도 잠시. 다양하게 산출해 놓은 계약 조건들을 바탕으로 빠르게 머릿속 계산기를 두드렸다.

"3년 차 때부터 건을 묶는다면 8년에 1억 달러 정도가 적당할 것 같습니다."

"1억 달러? 그렇게나 많이?"

"8년이라면 결과적으로 4년짜리 FA 계약까지 포함된 계약입니다. 건이 작년 수준의 모습을 꾸준히 보여준다고 가정한다면 결코 많은 금액은 아닐 텐데요."

세런 테일러는 박건호의 성적이 나쁠 것이라는 가정 자체는 배제했다.

만약 올해 박건호가 기대치에 못 미치는 성적을 낸다면 그때 가서 하향된 계약 기준을 잡으면 그만이었다.

하지만 정말로 모두의 기대처럼 박건호가 꾸준히 10승 이상을 책임져 주는 믿음직한 선발 투수로 성장해 준다면 이야기는 달라진다.

박건호가 병역 문제를 해결하기 위해 아시안 게임에 나간다면 슈퍼 2 조항의 혜택을 받지 못하게 될 가능성이 높았다.

그 경우 박건호가 선택할 수 있는 건 두 가지였다.

하나는 구단의 장기 계약을 거절하고 4년 차 때부터 연봉 조정 권리를 행사하는 것.

다른 하나는 구단의 장기 계약을 받아들여 1년 앞당겨 안정적인 수익을 확보하는 것.

박건호가 구단의 기대치보다 높은 성적을 거둘 자신이 있다면 연봉 조정을 선택하는 편이 나았다.

해마다 구단과 연봉을 두고 다퉈야 한다는 번거로움이 없지 않지만 성적만큼 받으면 되니 다른 건 신경 쓸 필요가 없었다.

그러나 예외 없이 찾아오는 슬럼프나 부상을 고려한다면 구단과 장기 계약을 맺는 편이 나을 수도 있었다.

연봉 조정을 하는 것보다는 총액적인 부분에서 손해를 볼 수는 있겠지만 보다 일찍 안락한 삶을 영위할 수 있다는 이점은 결코 작은 게 아니었다.

문제는 계약 기간이 길어질 경우다.

정석대로 다저스가 내후년에 박건호와 4년 계약을 맺는다면 박건호도 군말 없이 받아들일 가능성이 높았다.

아시안 게임 참가로 슈퍼 2 혜택을 받지 못하는 상황에서 구단이 먼저 대우를 해주겠다는 데 마다할 이유가 없었다.

하지만 8년 계약은 이야기가 달랐다. 박건호가 지금의 기량을 유지한 채 건강한 모습으로 FA 시장에 나갔을 때 기대할 수 있는 계약 규모는 1억 달러를 상회했다.

그때의 박건호는 만 스물네 살의 빠른 공을 던지는, 1, 2선발이 가능한 좌완 선발 투수로 평가받고 있을 것이다.

나날이 치솟는 선수들의 몸값을 감안하더라도 그때의 박건호의 몸값은 쉽사리 짐작이 되지 않았다.

"제가 반대로 물어볼게요. 알렉스, 5년 후 스물네 살의 건이 FA 시장에 나왔어요. 건강상에 아무런 문제도 없고 6년 간 70승 정도를 거두었다고 해요. 평균 자책점도 2점대로 우수하고 탈삼진 능력도 갖추고 있고요. 매해 180이닝 정도는 소화가 가능하고요. 이 투수를 영입하는 데 얼마를 쓸 거죠?"

세런 테일러가 알렉스 인터폴리스 부사장에게 질문을 돌려주었다.

그러자 알렉스 인터폴리스 부사장이 끙 하고 앓는 소리를 내더니 이내 웃음을 터뜨렸다.

"그렇게 대놓고 물어보면 할 말이 없잖아."

"만약 알렉스가 5년 후 건을 4년간 총액 1억 달러 수준에 영입할 수 있다면, 나도 내 판단이 틀렸다고 인정할게요."

"4년간 1억 달러? 하하, 세런. 계약 기간부터 틀려먹었다고."

"그러니까 하는 말이에요. 건이 우리의 기대만큼 성장해서 FA 시장에 나간다면 지금의 슬레이튼 커쇼만큼의 몸값이 붙을 거라고요. 경쟁이 치열하다면 그 이상의 몸값이 나올 수도 있겠죠. 그런데 그런 건을 8년간 묶는 데 1억 달러조차 쓰지 않겠다면 건의 에이전트가 받아들이려 할까요?"

"후우……."

"그러니까 건을 오래 묶어둘 생각은 버려요. 4년 계약에 만약을 대비해 1년 정도 옵션을 걸어놓고 FA 우선 협상 정도를 덧붙이는 게 최선이라고요."

세런 테일러는 알렉스 인터폴리스 부사장이 지나치게 욕심을 부린다고 여겼다.

박건호가 좋은 재능을 갖춘 투수인 건 분명한 사실이지만 솔직히 모두의 기대만큼 성장해 줄 거란 보장은 어디에도 없었다.

게다가 박건호는 지난 시즌 선발로 단 103.1이닝밖에 던지지 않았다. 불펜에서 던진 이닝을 더해도 117.2이닝뿐이었다.

박건호는 올해 처음으로 풀타임 선발을 치러야 한다. 규정투구 이닝인 162이닝을 채울 수 있는지부터 시작해 작년보다 많은 이닝을 던졌을 때의 경기력까지 따져 살펴야 할 게 한두 가지가 아니었다.

물론 대다수 언론과 매체는 박건호의 2018년을 긍정적으로 보았다. 평균 자책점이 2점대 중후반까지 높아지긴 하겠지만 전반적으로 작년 못지않은 성적을 거둘 것이라는 게 중론이었다.

박건호가 2년 차 징크스를 혹독히 겪을 거라 내다 본 몇몇 언론에서조차 박건호의 시즌 성적을 4, 5선발급인 8승 11패, 평균 자책점 3.20으로 전망했다.

세런 테일러도 일단은 박건호에 대한 긍정적인 전망에 어느 정도 공감하고 있었다.

위험 요소가 적지 않지만 다저스에서 잘 케어해 준다면 박건호가 메이저리그를 대표할 만한 수준급 선발로 성장할 수 있을 것이라고 기대했다.

하지만 그렇다고 해서 벌써부터 박건호를 장기로 묶으려는 생각에는 동조하고 싶지 않았다. 손에 쥔 1년짜리 데이터로는 박건호에 대한 100퍼센트 확신을 내리기 어려웠기 때문이다.

"알렉스, 건의 아시안 게임 차출 문제는 나중에 논의해도 늦지 않아요. 그보다는 선발진 확충이 시급해요."

세런 테일러가 말을 돌렸다.

2018년. 지구 우승 탈환과 월드 시리즈 진출을 목표로 내세운 다저스의 최우선 당면 과제는 다름 아닌 선발 로테이션이었다.

지난겨울. 다저스는 골칫덩이 2선발 스캇 카이저를 어슬레틱스로 팔아넘기는 데 성공했다. 덕분에 손실이 이만저만이 아니었지만 선발진 개편을 위한 최소한의 환경은 마련이 된 상태였다.

현재 다저스의 선발 로테이션은 두 자리가 공석이었다.

1선발 자리는 에이스 슬레이튼 커쇼의 몫이었다.

2선발 자리는 본래 계획대로 마에다 케이타가 맡을 가능성이 높았다.

박건호는 3선발 혹은 4선발 후보였다.

작년 성적만 놓고 보자면 당당히 3선발을 차지해야겠지만 LA 언론은 박건호의 안정적인 성장을 위해 2, 3선발이 가능한 수준급 투수를 영입해야 한다고 다저스를 압박하고 있었다.

세런 테일러도 다저스의 포스트 시즌 진출을 위해 새로 선발 투수를 영입해야 한다고 생각했다.

하지만 알렉스 인터폴리스 부사장은 골치 아픈 이야기를 꺼냈다며 미간을 찌푸렸다.

"선발진보다 감독 선임이 먼저야."

"그러다 시장에 남은 투수가 전부 사라져 버릴 거예요."

"그렇다 해도 어쩔 수 없어. 감독 자리부터 먼저 채워놓고 이야기할 문제라고."

다저스가 데빈 로버츠 감독과의 결별을 결정한 이후 수많은 야구인이 다저스의 감독직에 욕심을 드러냈다.

그러나 그들 중 누구도 앤디 프리드먼 사장과 알렉스 인터폴리스 부사장의 까다로운 기준을 통과하지 못했다.

앤디 프리드먼 사장과 알렉스 인터폴리스 부사장이 은밀히 자신들의 사람을 밀어 넣어 봤지만 결과는 마찬가지였다.

서로 상대를 견제하느라 제대로 된 면접조차 이루어지지 않았다.

"알렉스, 그냥 이번 한번 져 주는 건 어때요?"

"져 주라고? 누구한테? 설마 앤디 사장한테?"

"이러다가 스프링캠프 때까지 감독을 구하지 못할지도 몰라요."

"그럼 앤디 사장이 포기하면 되는 거잖아? 다저스를 이 모양 이 꼴로 만들어 놓고 제 사람을 감독 자리에 앉히겠다는 게 말이 되는 거야?"

"앤디 프리드먼은 사장이잖아요. 못할 건 없죠."

"젠장할! 어쨌든 나는 용납 못 해. 그러니까 나한테 양보하라는 소리는 하지 마."

알렉스 인터폴리스 부사장이 언성을 높였다.

일방적인 앤디 프리드먼 사장 체제에 제동을 걸기 위해 다저스에 왔는데 앤디 프리드먼 사장이 원하는 감독을 인정할 생각은 눈곱만큼도 없었다.

"이런 식으로 가다간 모두가 원치 않았던 제3자가 감독 자리를 차지할지도 몰라요."

세런 테일러가 걱정스럽게 말했다. 앤디 프리드먼 사장 쪽 인사가 감독이 되는 것보다 더 최악은 모두가 껄끄러워하는 누군가가 감독직에 무임승차하는 것이었다.

"걱정하지 마. 마크 구단주하고 이야기 잘 진행되고 있으니까."

알렉스 인터폴리스 부사장은 마크 윌리엄 구단주와의 친분을 과신했다.

앤디 프리드먼 사장 체제를 그리 달가워하지 않는 마크 윌리엄 구단주라면 분명 자신의 편에 서줄 것이라 굳게 믿었다.

하지만 마크 윌리엄 구단주에게 있어 가장 중요한 건 다저스의 정상 운영이었다.

앤디 프리드먼 사장 세력을 견제한다는 명분하에 감독 자리를 두 달 가까이 공석으로 남겨두자 마크 윌리엄 구단주도 더 이상은 두고 보지 못했다.

"당장 이사회 소집해!"

마크 윌리엄 구단주는 곧장 이사회를 열어 감독 선임 문제를 마무리 지었다.

앤디 프리드먼 사장과 알렉스 인터폴리스 부사장은 그 자리에서까지 서로 날을 세웠지만 마크 윌리엄 구단주는 눈 하나 꿈쩍하지 않았다.

대신 세런 테일러의 예상대로 몇몇 언론에서 강하게 추천

했던 제3자를 감독으로 지지해 밀어붙였다.

"건호야! 기사 봤어?"

"무슨 기사?"

"다저스 감독 결정 됐다던데?"

"그래? 어디 봐."

안승혁과 함께 훈련 중이던 박건호는 뉴스를 통해 다저스의 새 감독 선임 소식을 확인했다.

다저스는 오늘 신임 감독으로 모렐 허샤이저를 선임한다고 밝혔다. 계약 기간은 3년. 자세한 계약 조건은 상호 합의하에 공개하지 않기로 했다고 전했다. 모렐 허샤이저는…….

"모렐 허샤이저면 맞지? 너 루키 때 투구 가르쳐 주셨던?"

"그래, 맞아."

"그럼 너한테 잘된 일 아냐?"

"확실한 건 겪어봐야겠지만 나한테 나쁜 결과는 아닌 것 같아."

은연중에 신임 감독이 신경 쓰였던 박건호는 가슴을 쓸어내렸다. 생판 모르는 감독보다야 모렐 허샤이저가 백번 낫다고 여겼다.

"그럼 너 3선발인 거냐?"

"그것도 두고 봐야지."

"기왕 하는 거 3선발이 낫지 않아? 보통 3선발까지 상위 선발로 쳐 주잖아."

"나도 그랬으면 좋겠는데 이제 2년 차잖아. 3선발은 아마 힘들 것 같아."

지난해 11승을 거두며 선발 투수로서 박건호의 입지는 확고한 편이었다.

다저스 내 박건호보다 낫다고 평가받는 투수는 슬레이튼 커쇼와 마에다 케이타뿐이니 박건호가 세 번째 선발 자리를 차지하는 것도 이상한 일은 아니었다.

하지만 2년 차 징크스에 대한 우려와 시즌을 온전히 치른 게 아니라는 옥에 티가 박건호를 자꾸 하위 선발로 밀어내려 했다.

물론 박건호 입장에서는 4선발보다 3선발이 백번 나았다. 경우에 따라 일정 변경이 잦은 4선발보다는 거의 고정된 일정을 소화하는 3선발로 뛰는 게 여러모로 이로웠다.

게다가 4선발보다는 3선발이 좀 더 그럴듯했다.

보통 언론에서 선발진을 언급할 때 3선발까지만 잘라 말하는 만큼 확실한 선발이라는 의미를 내포하는 3선발 안에 포함되는 게 불확실한 선발처럼 느껴지는 4선발보다 좋을 수밖에 없었다.

'허샤이저 감독님이 새로 투수를 데려오실까? 아니야. 투수를 키우는 능력이 있으신 분이니까 어쩌면 지금 있는 선수들로 시즌을 꾸려 나가실지 몰라.'

박건호는 가능하다면 수준급 선발 투수의 영입은 없길 바랐다.

다저스의 포스트 시즌 진출을 위해서라면 든든한 선발 투수가 한 명 추가되는 편이 나았지만 개인적으로는 지금 있는 자원들을 잘 활용해도 충분하다고 여겼다.

일단 다저스에는 부동의 에이스, 슬레이튼 커쇼가 있었다. 올해 아쉽게 사이영 상 수상에 실패했지만 거의 매 시즌 사이영 상 후보에 오를 만큼 압도적인 피칭을 이어가는 슬레이튼 커쇼의 존재 자체만으로도 다른 팀들은 주눅이 들 수밖에 없었다.

2선발이 유력한 마에다 케이타도 제 몫을 충분히 다해주고 있었다. 원투펀치로서 압도적인 모습이 부족하다는 평가가 적지 않았지만 2016년 16승, 2017년 14승을 거두며 연평균 15승을 책임지고 있었다.

3선발 자리에 박건호가 들어간다면 남은 선발 자리는 두 자리였다.

그중 4선발은 부활한 류현신의 차지가 되길 바랐다.

작년, 시즌 막판에 보여준 류현신의 모습은 준수한 편이었다. 언론에서도 상위 선발은 어렵지만 하위 선발에서 든든히 힘을 받쳐줄 수 있을 것 같다고 평가할 정도였다.

박건호도 류현신이 4선발 혹은 5선발 자리에서 10승 정도를 거둬주길 기대했다. 떨어진 구속과 구위, 경기 감각을 얼마나 끌어올리느냐가 관건이겠지만 류현신이라면 충분히 해낼 거라 믿었다.

'남은 한 자리는 훌리오 유레아스가 맡겠지. 아니면…… 야디에르 알베스에게 기회를 주거나.'

다른 구단도 마찬가지겠지만 선발 로테이션의 마지막인 5선발 자리는 경쟁이 치열할 수밖에 없었다.

가장 유력한 건 지난해 선발로 9승을 거둔 훌리오 유레아스.

지난해 막판 체력 문제를 드러내며 선발 로테이션에서 탈락하긴 했지만 구위와 경험을 놓고 봤을 때 5선발 경쟁에서 가장 앞서 나가고 있었다.

그러나 박건호는 훌리오 유레아스보다는 야디에르 알베스가 5선발이 될 가능성이 높아 보였다.

다저스에 부족한 우완 선발이라는 이점과 훌리오 유레아스보다 젊고 빠른 공을 던진다는 장점을 감안하면 훌리오 유레아스보다는 야디에르 알베스 쪽으로 마음이 기울 수밖에 없었다.

지난해 막판 메이저리그 선발 로테이션을 소화했다는 점도 긍정적이었다. 게다가 전체적으로 성적도 양호했다.

'훌리오 유레아스는 좌완이니까. 차라리 야디에르 알베스가 들어오는 게 다저스를 위해서도 나을지 모르지.'

박건호가 이내 고개를 주억거렸다.

물론 선발 투수를 결정하는 건 모렐 허샤이저 감독의 몫이겠지만 밸런스 측면에서 놓고 봤을 때 좌-우-좌-좌-좌로 이어지는 선발진보다는 좌-우-좌-좌-우로 이어지는 선발진이 나아 보이는 건 부정할 수 없었다.

'나도 열심히 해야겠어.'

박건호는 투심 패스트볼과 커터 연마에 심혈을 기울였다.

아마 올해 만나는 팀들은 투수 박건호에 대해 충분한 연구를 마쳤을 것이다.

그들을 상대로 작년보다 나은 성적을 거두려면 투구의 질 자체를 확실히 끌어올려야 했다.

한 달여간의 해외 전지훈련을 마친 뒤 박건호와 안승혁은 다시 미국으로 건너가 추가 훈련을 진행했다.

그리고 2월 말, 다저스의 선수들은 스프링 캠프 참여를 위해 애리조나로 향했다.

2

"건! 몸 좋아졌는데?"

"그렇게 보여?"

"그래, 그런데 근육을 너무 키운 거 아냐?"

"그 정도는 아니니까 호들갑 떨지 마. 그보다 나 새 구종 익혔어."

"듣던 중 반가운 소리인데? 뭐야? 투심? 커터?"

"……어떻게 알았냐?"

"그야 뻔하지. 지금 네가 추가할 수 있는 구종은 한계가 있으니까. 작년에 익히다 말았던 투심이나 슬라이더를 변형시킨 커터 정도가 가장 유력하잖아."

"칫, 깜짝 놀라게 해주려고 했는데."

"그건 받아보면 알겠지. 잠깐만 기다려."

몇 개월 만에 만난 박건호와 오스틴 번은 곧장 불펜으로 향했다. 작년에 11승을 거둔 슈퍼 루키가 나타나자 주변에서 공을 던지고 있던 투수들이 피칭을 멈추고 박건호를 바라보았다.

"저 녀석이 건인가? 생각보다 엄청 큰데?"

"그런데 저 녀석, 아시아인 맞아? 흑인 아냐?"

"얼굴이 좀 타긴 했지만 아시아인 맞아. 정확하게는 한국에서 왔다고."

"몸 좀 풀려나 본데? 어디 얼마나 잘 던지나 볼까?"

다저스가 캠프를 차린 운동장 불펜에는 6명의 투수가 동시에 몸을 풀 수 있는 공간이 마련되어 있었다.

하지만 박건호가 간이 마운드를 밟자 주인이 있던 4개의 불펜 라인이 가동을 멈춰 버렸다.

심지어 투수들을 체크하던 릭 허니컴 투수 코치와 조시 브레드 불펜 코치도 박건호의 투구를 보기 위해 달라붙었다.

"건이 몸이 많이 좋아진 것 같은데?"

"겨우내 웨이트 트레이닝을 열심히 한 것 같습니다."

"모교에서 훈련을 했다더니 후배들에게 자극을 좀 받은 모양인데?"

"늘어난 근육량만큼 구속이 조금만 더 빨라지면 좋을 텐데요."

"구속? 브레드, 건은 98mile/h까지 던진다고."

"하지만 100mile/h까지 던지면 더 좋겠죠. 좌완이 100mile/h을 던진다는 건 느낌부터가 다르니까요."

조시 브레드 코치는 새로운 구종도 좋지만 박건호가 쾅 하고 100mile/h(≒160.9㎞/h)짜리 공을 던져 주길 기대했다.

지금도 충분히 빠른 공을 던지고 있지만 매년 신체적인 성장에 맞춰 조금씩이나마 구속이 늘어난다면 정말 터무니없는 괴물 투수를 볼 수 있을 것 같았다.

오스틴 번도 새로 익혔다는 구종들보다는 기존의 구종들부터 체크를 시작했다.

'자, 한복판으로 하나 던져 봐.'

포심 패스트볼 사인을 낸 뒤 오스틴 번이 가볍게 미트를 들어 올렸다.

그 순간.

퍼엉!

박건호의 손끝을 빠져나간 공이 총알처럼 오스틴 번의 미트에 틀어 박혔다.

"와우."

오스틴 번의 입에서 절로 탄성이 흘러나왔다. 전력을 다한 것 같지도 않은데 시즌 중 한창 좋던 때의 공이 날아들었다.

릭 허니컴 투수 코치와 조시 브레드 불펜 코치는 스피드건을 보고 입을 다물지 못했다.

97.4mile/h(≒156.8km/h).

98mile/h(≒157.7km/h)도 곧잘 던졌던 박건호의 구속을 생각한다면 그리 놀랄 만한 숫자는 아니었다.

하지만 대다수 투수가 스프링캠프를 통해 구속을 끌어올린 뒤 시즌에 참가한다는 걸 감안한다면 대단히 고무적인 수치였다.

"허, 엄청 빠른데?"

"나도 이 악물고 던지면 저 정도는 던질 수 있다고."

"그야 이 악물고 던질 때고. 건은 이제 첫 공을 던진 거잖아."

"제길. 이거 저 녀석을 밀어내기가 쉽지 않겠는데?"

주변에 서 있던 선수들의 얼굴은 긴장감이 가득했다. 공공연하게 루키인 박건호의 자리를 빼앗겠다는 선수들은 아예 입을 다물어 버렸다.

그사이 박건호의 두 번째 공이 오스틴 번의 미트를 향해 날아들었다.

퍼엉!

묵직한 포구 소리가 불펜을 쩌렁하게 울렸다.

"하하……."

욱신거리는 손바닥을 내려다보며 오스틴 번이 헛웃음을 흘렸다.

초구를 받은 뒤 속으로 너무 무리하는 거 아닌가 싶었는데 2구를 받아보니 그런 생각이 쏙 들어가 버렸다.

"리, 릭! 이것 좀 봐요!"

"왜 그래? 얼마가 나온 거야?"

릭 허니컴 코치와 조시 브레드 코치는 스피드건에 찍힌 숫자를 보고 또다시 입을 쩍 벌리고 말았다.

98.2mile/h(≒158.0㎞/h).

개인 최고 구속에 버금가는 구속이 나온 것이다.

"건! 잠깐만!"

릭 허니컴 투수 코치는 다급히 마운드로 다가갔다. 그리고 박건호에게 스피드건에 찍힌 구속을 일러주었다.

구속 상승은 모든 투수들의 꿈이었다. 구속이 빠른 투수든 느린 투수든 간에 1mile/h에 울고 1mile/h에 웃는 건 마찬가지였다.

그런 점에서 릭 허니컴 투수 코치는 박건호가 구속 상승 가능성에 활짝 웃을 것이라 여겼다.

하지만 정작 박건호는 대수롭지 않게 고개를 주억거렸다.

"아, 그거요? 훈련 때도 그 비슷하게는 나왔어요."

"그래? 대체 비결이 뭐야? 혹시 뭐 이상한 걸 먹은 건 아니지?"

"하하. 그럴 리가요. 그냥 제 모교 코치님이 투구 밸런스를 맞추면 구속이 1~2mile/h 정도는 어렵지 않게 늘어날 거라고 하셨거든요. 아마 투구 밸런스가 맞아가면서 자연스럽게 공이 좀 빨라진 게 아닌가 싶어요."

박건호는 하리모토 투수 코치의 말을 빗대어 투구 밸런스가 좋아진 결과라고 말했다.

그러나 직접 박건호의 공을 받은 오스틴 번의 생각은 달랐다.

"건이 몸을 장난 아니게 불려 왔어요. 저러다 근육이 끼어서 공을 못 던지면 어쩌나 싶었는데……. 허허. 조만간 새 미트를 알아봐야 할 것 같아요. 질기고 튼튼한 놈으로요."

오스틴 번은 단순히 구속만 증가한 게 아니라고 분명히 말했다. 공의 회전수는 물론이고 무브먼트까지 작년과 비교할 수 없을 만큼 좋아졌다며 혀를 내둘렀다.

"로키스전이나 화이트삭스전과 비교하면 어때?"

"개인적인 생각으로 건의 공이 가장 좋았던 건 화이트삭스전이었는데 그때보다 더 무서워졌어요."

"무서워?"

"코치님도 아시잖아요. 건의 공이 빠르긴 하지만 좀 가벼웠다는 거. 그런데 지금은 팔꿈치까지 찌릿찌릿 울릴 정도라고요."

최고 구속 98mile/h의 빠른 공을 던지지만 박건호의 포심 패스트볼은 현장에서 그리 높은 점수를 받지 못했다. 빠르긴 했지만 메이저리그를 대표하는 포심 패스트볼과는 다소 거리가 있다는 의견이 많았다.

다저스 스카우터들조차 박건호의 포심 패스트볼을 빠르고 날카로운 공으로 표현했다.

반면 박건호보다 평균 2mile/h 정도 더 빠른 공을 던지는 야디에르 알베스에게는 빠르고 위협적인 공이라는 평을 덧붙였다.

전문가들은 타자들이 박건호의 포심 패스트볼을 어려워하는 가장 큰 이유로 구속이 아닌 로케이션을 들었다.

스트라이크존 가장 높은 코스와 가장 낮은 코스를 번갈아 던질 수 있는 정교함이 타자들의 방망이를 머뭇거리게 만든다고 평가했다.

물론 박건호의 포심 패스트볼 구속이 빠르다는 건 장점이 될 수 있다고 여겼다.

하지만 포심 패스트볼 하나만으로 타자들을 압도할 수 있느냐는 점에 대해서는 대부분이 물음표를 던졌다.

그런데 겨우내 박건호의 포심 패스트볼이 확연히 달라졌다. 구속이 빨라진 건 둘째 치고 오스틴 번이 앓는 소리를 낼 정도로 공의 무브먼트가 좋아졌다.

"이대로 가다간 5월 이전에 100mile/h을 넘길 거 같은데요?"

"좋은 소식이야. 100mile/h을 던지는 좌완 투수라. 하하. 아주 볼 만하겠어."

릭 허니컴 코치와 조시 브레드 코치는 새로 온 감독에게 보고할 거리가 생겼다며 좋아했다.

하지만 박건호가 오스틴 번과 불펜을 찾은 건 고작 힘자랑을 하기 위해서가 아니었다.

10개의 포심 패스트볼로 다른 투수들의 기를 죽인 뒤 박건호는 잠시 마운드를 골랐다. 그리고 새롭게 익힌 투심 패스트볼의 그립을 쥐었다.

"릭! 건이 그립을 바꿨어요."

"그래? 그렇다면 이제 커브를 보여줄 생각인가?"

릭 허니컴 코치와 조시 브레드 코치가 기대 어린 눈으로 박건호를 바라봤다.

그들뿐만 아니라 불펜에 모인 모든 이의 시선이 박건호 한 사람을 향했다.

작년 이맘때였다면 박건호는 민망한 마음에 제대로 공을 던지지도 못했을 것이다.

하지만 지난 1년간 메이저리그를 겪으며 루키 꼬리표를 떼서일까.

박건호는 주변의 관심이 더 이상 부담스럽지 않았다.

'좋아. 기왕 이렇게 된 거 제대로 보여주자고.'

박건호는 공을 단단히 움켜쥐었다. 그리고 오스틴 번의 미트를 향해 힘차게 공을 내던졌다.

후앗!

바람 소리와 함께 새하얀 공이 우타자의 몸 쪽으로 날아갔다. 그러더니 마지막 순간에 크게 꿈틀거리며 우타자의 바깥쪽으로 휘어져 나갔다.

퍽!

가까스로 공을 받아낸 오스틴 번은 한동안 그 자리에서 꼼짝을 하지 못했다. 마치 감탄만으로는 부족한 듯 팔을 쭉 뻗은 채로 박건호표 투심 패스트볼의 여운을 즐겼다.

릭 허니컴 코치와 조시 브레드 코치도 바짝 붙어 서서 투심 패스트볼에 대한 감상을 공유했다.

"어땠어?"

"먼저 말씀하시죠."

"후우……. 저 녀석, 정말 괴물 같지 않아?"

"그 말, 제가 정말 하고 싶었던 말입니다."

"제구가 얼마나 될지가 관건이긴 하지만…… 저 정도면 실전에서도 써먹을 만하겠어."

"실전에서 써먹을 수준이 아닌데요? 제가 보기에는 건의 새로운 주 무기가 될 것 같습니다."

"그나저나 감독님이 이걸 보면 엄청 뿌듯해하시겠군."

"아……! 그러고 보니 저 투심 패스트볼, 감독님이 건에게 가르쳐 준 거였죠?"

모렐 허샤이저 감독이 사사로이 박건호의 스승이었다는 걸 모르는 이는 아무도 없었다.

모렐 허샤이저 감독이 박건호의 쇼케이스를 지켜본 뒤 재능 있는 투수라며 직접 가르치길 원했다는 건 다저스 팬들에게 유명한 일화였다.

상당수의 언론은 박건호를 11승 선발 투수로 만들어준 포심 체인지업 역시 모렐 허샤이저 감독이 전수한 싱커에서 비롯됐을 가능성이 높다고 판단하고 있었다.

그런데 박건호가 새롭게 투심 패스트볼까지 들고 나왔으니 올 시즌 내내 모렐 허샤이저 감독과 박건호의 이야기가 끊이지 않을 것 같았다.

후앗!

박건호는 지켜보는 이들에게 겨우내 갈고닦은 투심 패스트볼을 제대로 보여주고 싶었다.

하지만 애석하게도.

퍽!

오스틴 번이 투심 패스트볼에 좀처럼 적응을 하지 못했다.

메이저리그에서도 투심 패스트볼은 구사하기 어려운 구종으로 통했다.

게다가 박건호는 좌완 투수였다. 좌완 투수의 투심 패스트볼을 받아본 경험이 거의 없다 보니 오스틴 번이 헤매는 것도 무리는 아니었다.

"오스틴! 다음 공이야!"

아쉬움을 되삼키며 박건호는 그립을 고쳐 쥐었다.

이번에 보여줄 공은 커터.

기존의 슬라이더에서 진화한 박건호만의 괴랄한 구종이었다.

"좋아! 맘껏 던지라고!"

오스틴 번이 이번에는 반드시 잡아내겠다며 의지를 불태웠다.

하지만 그것도 잠시.

후앗!

박건호가 힘껏 내던진 공이 날카롭게 왼쪽으로 꺾여 들어오자 그 움직임을 잡아내지 못하고 포구를 실패하고 말았다.

"젠장."

오스틴 번이 애꿎은 미트만 노려보았다.

분명 완벽히 잡았다고 생각했는데 홈 플레이트를 지나면서 더욱 날카롭게 꺾여 들어온 공을 마지막 순간에 놓치고 말았다.

그나마 다행인 건 오스틴 번도 좌완 투수의 커터는 많이 겪어봤다는 점이다.

"자, 던져!"

오스틴 번은 두 번째로 날아든 공을 가까스로 포켓에 집어 넣는 데 성공했다. 그리고 네 번째 공을 웹으로 받아내며 박건호의 전담 포수로서의 자존심을 지켜냈다.

"이 공도 좋은데?"

"저는 그냥 감탄만 나옵니다. 시범 경기 때 마저 테스트를 해야겠지만 저 공이 우타자의 몸 쪽으로 붙어 들어간다고 생각하니 벌써부터 온몸이 찌릿찌릿합니다."

"아마 모르긴 몰라도 건을 상대하는 우타자들은 배트를 여러 자루 준비해야 할 거야."

"모르긴 몰라도가 아니라, 그렇게 될 겁니다."

박건호는 이어 나머지 구종들을 체크했다.

작년 박건호를 땅볼형 투수로 만드는 데 가장 크게 일조한 포심 체인지업을 시작으로 체인지업, 커브, 슬라이더에 이르기까지 거의 50구 가까이 던지고서야 박건호의 불펜 피칭이 끝이 났다.

"건, 어깨 괜찮아? 너무 무리한 거 아냐?"

"이 정도는 끄떡없어요."

"이야기는 들어서 알고 있겠지만 시범 경기는 막판에 투입될 거야. 그러니까 그때까지 새로 익힌 구종들을 갈고닦으라고."

"네, 코치님."

릭 허니컴 코치는 기쁜 마음으로 모렐 허샤이저 감독을 찾아갔다. 그리고 박건호의 피칭 내용에 살짝 양념을 쳐서 전했다.

"그러니까 건의 포심 패스트볼이 곧 100mile/h을 돌파할 거란 말이죠? 거기다 투심 패스트볼과 커터도 익혀 왔고요?"

생각했던 것보다 모렐 허샤이저 감독의 반응은 뜨겁지 않았다. 그저 묵묵히 고개를 끄덕인 뒤 수첩에서 뭔가를 지우고 뭔가를 새로 써 넣은 게 전부였다.

하지만 릭 허니컴 코치는 모렐 허샤이저 감독이 자신 이상으로 박건호에게 기대를 걸고 있다는 사실을 알아챘다.

'보나마나 건을 3선발로 올릴 생각인 거겠지. 잘 생각했어요, 감독. 건은 3선발로도 제 몫을 충분히 다해낼 겁니다.'

릭 허니컴 투수 코치가 씩 웃었다.

이제 스프링 캠프 초반이라 선발 로테이션이 어찌 될지 감히 단언하긴 어렵지만 박건호가 시범 경기에서 특별히 부진하거나, 박건호의 재능을 뛰어넘는 슈퍼 루키가 등장하지 않는 한 3선발 자리는 박건호의 몫이 될 것 같았다.

27장
3선발(1)

1

"일단 3선발까지는 제 머릿속에 있습니다. 이번 스프링 캠프를 통해 4선발과 5선발을 찾을 생각입니다."

모렐 하샤이저 감독은 시범 경기를 통해 선발 로테이션을 완성시키겠다는 뜻을 밝혔다. 그리고 새로운 선발 투수감을 찾기 위해 시범 경기 초중반까지 선발 후보들에게 많은 기회를 주었다.

일부 언론에서는 박건호도 다른 선수들과 함께 경쟁을 할 가능성이 높다고 보도했다.

하지만 정작 박건호는 슬레이트 커쇼, 마에다 케이타와 함께 시범 경기 후반에야 모습을 드러냈다.

박건호의 시범 경기 첫 상대는 에인젤스.

공교롭게도 안승혁이 선발 출전 명단에 포함되어 있었다.

“너 몇 번이냐?”

“나? 6번.”

“못해도 두 번은 만나겠는데?”

“왜? 시범 경기 첫 출전인데 5회까지 던지려고?”

“그동안 푹 쉬었으니까 5이닝은 소화해야지. 그런데 넌 어때? 올해 개막전 엔트리에 포함될 수 있겠어?”

“야, 그게 말처럼 쉽냐? 난 그냥 전반기 끝나기 전에만 콜업되면 좋겠다.”

“꿈은 크게 가져야지. 그럼 이 참에 형이 하나 맞아줄까?”

“맞아주긴 뭘 맞아줘. 됐어, 인마. 나중에 언론에 무슨 소리를 들으려고 그래?”

“오~ 안승혁. 자신 있다 이거지? 좋아. 나중에 삼진 먹었다고 후회하지 마라.”

“뭐래? 너야말로 홈런 맞고 울지 마.”

올 시즌 콜업이 유력시된다는 LA 언론의 평가처럼 안승혁은 시범 경기에서 제법 쏠쏠한 활약을 펼치고 있었다.

홈런은 2개뿐이었지만 2루타를 8개나 때려냈다. 오늘 경기 전까지 때려낸 15개의 안타 중 장타만 10개에 달했다.

덕분에 장타율이 6할을 넘고 있었다.(0.644) 게다가 타점도 13점이나 올렸다. 이 같은 활약 속에 안승혁은 주전급 선수들과 함께 마지막 테스트를 받게 됐다.

라이벌이기 이전에 동기이자 친구로서 박건호는 안승혁이 개막전 로스터에 꼭 포함이 되길 바랐다. 하지만 그렇다고 해서 부정한 방법으로 안승혁에게 안타를 맞아줄 생각은 없었다.

"공은 공이고 사는 사야. 절대 안 봐준다."

마운드에 올라서며 박건호는 단단히 마음을 다잡았다. 그리고 2회 초, 2사 이후 만난 안승혁을 4구 만에 중견수 플라이로 유도해 냈다.

투 스트라이크 원 볼.

유리한 볼카운트를 먼저 선점한 뒤 박건호는 안승혁의 몸 쪽에 98mile/h(≒157.7㎞/h)짜리 포심 패스트볼을 찔러 넣었다.

빠른 공을 노리고 있었던 안승혁은 곧바로 방망이를 내돌렸다.

하지만 타이밍이 맞지 않았다.

타구는 먹혔고 중견수가 거의 제 자리에서 공을 잡아냈다.

두 번째 맞대결은 5회에 찾아왔다.

1사 주자 3루.

안타 하나면 실점하는 상황에서 오스틴 번은 안승혁에게

유인구 승부를 걸었다. 어떻게든 땅볼을 유도해 내 3루 주자를 그대로 묶어두겠다는 계산이었다.

그러나 이번에는 안승혁이 호락호락 당하지 않았다.

초구 바깥쪽 포심 패스트볼을 지켜본 뒤(스트라이크) 2구와 3구, 연속으로 들어온 바깥쪽 유인구를 전부 걸러내며 볼카운트를 유리하게 끌고 갔다.

그리고 원 스트라이크 투 볼 상황에서 박건호가 스트라이크를 잡기 위해 내던진 몸 쪽 포심 패스트볼을 잡아당겨 우익수 방면에 큼지막한 타구를 만들어냈다.

우익수가 워닝 트랙 코앞까지 쫓아가 공을 잡을 만큼 타구는 컸다. 바람이 조금만 더 불었다면 담장 너머로 공이 사라져 버렸을지도 모를 정도였다.

하지만 결국 승부는 박건호의 승리로 끝이 났다. 안승혁은 희생플라이를 통해 타점 하나를 올리는 데 만족해야 했다.

결과적으로 경기가 6 대 1, 다저스의 승리로 끝나면서 안승혁의 1타점 희생플라이가 에인젤스의 유일한 득점이 됐다.

4회까지 퍼펙트 피칭을 선보였던 박건호는 5.1이닝 1피안타 1실점 피칭으로 첫 번째 시범 경기 선발 등판을 승리로 장식했다.

언론들은 11승 투수가 돌아왔다며 박건호의 투구를 높이 평가했다. 심지어 경기 전까지 박건호의 경기력에 의문을 제시했던 몇몇 지역 언론조차 다저스의 3선발 자리는 박건호의 몫이라며 찬사를 아끼지 않았다.

이후 박건호는 두 차례 더 마운드에 오른 뒤 시범 경기 일정을 마쳤다. 그리고 이틀 뒤, 모렐 허샤이저 감독은 박건호가 포함된 다저스의 선발 로테이션을 발표했다.

1선발 슬레이트 커쇼(L)

2선발 마에다 케이타(R)

3선발 박건호(L)

4선발 야디에르 알베스(R)

5선발 류현신(L)

류현신, 혹은 훌리오 유레아스가 차지할 거라던 4선발 자리는 의외로 야디에르 알베스에게 돌아갔다.

시범 경기 성적은 6경기 등판해 2승 2패. 평균 자책점 3.54(28이닝 13실점 11자책점)으로 평범했다.

하지만 시범 경기 막판 3경기 연속 선발로 등판하면서 2승과 평균 자책점 2.65(17이닝 5실점 5자책점)을 기록한 게 모렐 허샤이저 감독을 비롯한 코칭스태프의 낙점을 이끌어냈다.

시범 경기 내내 꾸준한 모습을 보여주었던 류현신도 5선발로 명예 회복의 기회를 잡았다.

경쟁자인 훌리오 유레아스와 알렉스 우든이 초반에 치고 나가면서 입지가 불안해지긴 했지만 흔들리지 않고 주어진 기회를 잘 챙긴 게 선발 로테이션 합류로까지 이어졌다.

전문가들은 2018년 다저스의 선발진을 2017년보다 낫다고 평가했다.

"일단 슬레이트 커쇼와 마에다 케이타는 각자의 자리를 지키고 있습니다. 그리고 6월 이후 선발 로테이션을 지켰던 박건호도 그대로군요. 바뀐 건 야디에르 알베스 그리고 류현신인데요. 훌리오 유레아스를 대신해 야디에르 알베스, 스캇 카이저 대신 류현신이 포함됐다고 보면 될 것 같습니다."

"훌리오 유레아스는 지난 시즌 9승을 거뒀습니다. 반면 야디에르 알베스는 선발과 불펜을 오가며 5승을 챙겼죠. 평균자책점만 놓고 보자면 두 선수 모두 비슷합니다. 솔직히 안정감이 있는 투수들은 아니에요. 다만 훌리오 유레아스의 가능성만 믿고 지난해 선발 기회를 준 것처럼 야디에르 알베스에게 충분한 선발 기회가 주어진다면 최소 훌리오 유레아스와 비슷한 성적은 거둘 것이라고 생각합니다."

"류현신은 지난해 7승에 머문 스캇 카이저를 대신했습니다. 부상과 재활을 반복하면서도 류현신은 4승을 챙겼는데요. 8월까지 꾸준하게 등판한 스캇 카이저와 3승밖에 차이가 나지 않습니다. 당연히 류현신이 부상 없이 한 시즌을 치른다면 스캇 카이저보다는 나은 성적을 거둘 가능성이 높겠죠."

"류현신과 야디에르 알베스, 둘 중 한 명이 부진한 모습을 보인다면 바로 훌리오 유레아스에게 기회를 주면 됩니다. 비록 지난 시즌 막판의 성적은 눈 뜨고 봐주지 못할 정도지만 그래도 선발로서 9승을 거뒀다는 건 분명한 재능입니다."

"그래도 선발진의 안정감을 위해서는 경험 많은 투수 세 명과 신인급 투수 두 명으로 시즌을 치르는 게 좋다고 봅니다. 관건은 역시나 3선발로 시즌을 치러야 하는 건의 활약이겠죠."

"제 생각도 같습니다. 슬레이트 커쇼와 마에다 케이타가 올해와 비슷한 성적을 내준다고 전제했을 때 건의 성적에 따라 다저스의 성적이 달라질 가능성이 높습니다."

"몇몇 매체는 건이 15승까지도 달성할 수 있다고 전망하고 있는데요. 만약 전망대로 건이 15승 이상을 거둔다면 자이언츠와의 지구 우승 다툼이 한결 수월해질 것 같습니다. 하지만 만에 하나 건이 작년보다 못한 성적을 거둔다면 다저스는 포스트 시즌 진출을 위해 다시 한번 험난한 가시밭길을 걸어야 할 겁니다."

다저스의 전력은 작년에 비해 크게 나아진 게 없었다.

스캇 카이저를 처분하면서 유망주들이 서로 옷을 갈아입긴 했지만 25인 로스터에 영향을 끼치진 못했다.

에인젤스의 사정도 별반 다르지 않았다.

지난해 레인저스와 매리너스에 밀리며 지구 3위로 시즌을 끝마쳤지만 겨우내 이렇다 할 전력 보강을 하지 못했다.

25인 로스터에 변화를 주지 못하면서 기대를 모았던 안승혁의 개막전 합류는 수포로 돌아갔다.

LA 언론에서 안승혁의 자리를 만들어야 한다고 에인젤스를 압박했지만 정작 에인젤스 빌리 애플 단장은 안승혁은 아직 더 성장해야 한다며 트리플 A로 돌려보내 버렸다.

"괜찮냐?"

"괜찮아, 인마."

"진심 괜찮냐?"

"후우……. 너 같으면 괜찮겠냐?"

안승혁은 개막전 25인 로스터에 포함되지 못했다는 사실을 무척이나 아쉬워했다.

시범 경기 성적만 놓고 보자면 25인 로스터 합류가 충분해 보였지만 빌리 애플 단장을 비롯해 마이크 소사 감독까지 안승혁에게 자리를 내주는 데 인색하게 굴었다.

"승혁, 너무 기죽지 마요. 느낌상 슈퍼 2 조항 때문인 것 같으니까."

브라이언 최가 안승혁을 달랬다. 농담이 아니라 LA 지역 언론 상당수가 안승혁이 슈퍼 2 조항에 발목을 잡혔다고 판단하고 있었다.

슈퍼 2 조항이 없었다면 안승혁이 백업 외야수 자리 정도는 충분히 차지할 수 있었다는 게 중론이었다.

지금의 백업 외야수들이 시범 경기 막판 5개의 홈런을 몰아치며 장타 능력까지 선보인 안승혁보다 낫다고 판단하기 어려웠기 때문이다.

"그래, 승혁아. 조금만 참고 있어봐. 늦어도 6월 이전에는 콜업될 테니까."

박건호도 안승혁을 위로했다. 정말로 슈퍼 2 조항 때문에 안승혁을 마이너리그에 묶어두는 거라면 5월 말이나 6월 초쯤에 안승혁을 메이저리그로 올릴 가능성이 높았다.

"후우……. 그놈의 슈퍼 2가 뭔지. 진짜 사람 피 말리게 한다."

안승혁이 무겁게 한숨을 내쉬었다. 슈퍼 2 조항이 선수들의 권익 보호를 위해 만들어진 제도이긴 했지만 지금의 안승혁에게는 눈곱만큼도 도움이 되지 않았다. 오히려 메이저리그 승격을 늦추는 장애물로만 여겨졌다.

하지만 구단이 안승혁의 솔트레이크(에인젤스 산하 트리플 A 구단)행을 통보한 이상 안승혁이 할 수 있는 일은 아무것도 없었다.

"잘해라."

"내 걱정 말고 너나 빨리 올라와."

"올해도 다저스와 에인젤스, 6연전이지?"

"그래. 8월하고 9월에 3연전씩 잡혀 있으니까 각오 단단히 해라."

박건호와 안승혁은 서로 주먹을 부딪쳤다. 함께 메이저리그에서 활약하지 못하는 게 아쉽긴 했지만 지금은 서로에게 행운을 빌어줄 때였다.

안승혁은 브라이언 최가 새로 고용한 전담 매니저와 함께 솔트레이크로 떠났다.

그리고 홀로 남겨진 박건호는 2018년 시즌 계획에 들어갔다.

다저스의 2018년 첫 시리즈 상대는 파드리스로 결정됐다.

샌디에이고를 연고로 한 파드리스는 2016년과 2017년, 2년 연속 지구 최하위를 기록 중이었다.

박건호도 파드리스를 상대로 좋은 추억이 있었다.

지난해 두 차례 맞대결에서 2승을 챙겼다.

9월 1일 파드리스 원정 경기는 6이닝 4피안타 1실점.

9월 27일 파드리스 홈경기는 7이닝 4피안타 무실점.

성적만 놓고 보자면 파드리스는 계속해서 만나고 싶은 상대 중 하나였다.

'내가 신인상을 받은 것도 다 파드리스 덕이지.'

일정표를 확인하며 박건호가 씩 웃었다.

농담이 아니라 만약 파드리스가 없었다면 1점대 평균 자책점은 물론이고 11승을 거두지도 못했을 것이다.

박건호는 언제나처럼 오스틴 번의 방문을 두드렸다.

"오늘은 좀 늦었네?"

오스틴 번이 기다렸다는 듯이 문을 열어주었다.

"뭐 하고 있었어?"

"뭐 하긴. 자료 분석 중이었지."

"파드리스?"

"당연하지. 벌써부터 다이아몬드백스를 준비하려고?"

"잘됐네. 같이 보자."

오스틴 번은 박건호에게 넓은 소파를 양보했다. 그리고 미리 준비해 둔 자료를 내밀었다.

"타자들 자료지?"

"그래, 지난해와 크게 달라진 게 없으니까 그냥 훑어보기만 해."

시즌 첫 경기였지만 오스틴 번도 박건호만큼이나 긴장감을 느끼지 않았다. 그만큼 파드리스는 상대하기 편한 팀이었다.

물론 그중에도 박건호 킬러라 불리는 타자는 있었다.

"나는 윌 마이스만 신경 쓰면 되는 거지?"

"그것도 작년 이야기지. 커터로 밀어붙이면 아마 작년처럼 안타를 때리지는 못할 거야."

파드리스의 4번 타자 윌 마이스는 지난해 박건호를 상대로 6타수 4안타 1타점을 기록했다.

박건호가 파드리스 타자들에게 내준 피안타가 8개니 그중 절반을 윌 마이스에게 허용한 셈이었다.

4안타 중 2개가 2루타일 만큼 윌 마이스는 박건호의 공을 너무나도 자연스럽게 받아쳤다. 오죽했으면 다저스 벤치에서 윌 마이스를 사사구로 내보내도 좋다는 사인이 나올 정도였다.

"그런데 윌 마이스는 어떻게 내 포심 체인지업을 대놓고 받아치는 거지?"

"글쎄. 윌 마이스 눈에는 포심 패스트볼과 포심 체인지업이 정확하게 분간이 되나 보지."

"그게 그렇게 쉬운 일이었어?"

"가끔 그런 경우 있잖아. 40홈런을 때려내는 강타자도 아니고 타율 3할이 넘는 정교한 타자도 아닌데 이상하게 특정 투수에게만 강한 타자. 윌 마이스도 그런 경우라고 생각해야지, 뭐."

오스틴 번은 깊게 생각할 필요 없다고 잘라 말했다.

윌 마이스가 아니더라도 박건호에게 강한 면모를 보인 타자들은 각 구단에 한두 명씩은 포진되어 있었다.

게다가 윌 마이스는 박건호가 어처구니없어 할 만큼 형편없는 타자가 아니었다.

2016년 28개의 타구를 담장 밖으로 넘기며 잠재력을 폭발시켰고, 지난해에도 25개의 홈런포를 쏘아 올리며 2016년의 활약이 우연이 아님을 증명했다.

주요 매체들도 올해 윌 마이스가 30홈런은 물론이고 40홈런도 바라볼 수 있다고 전망하고 있었다.

그럼에도 박건호가 윌 마이스를 감정적으로 대하는 이유는 얻어맞은 4개의 안타 중 3개가 행운의 안타였기 때문이다.

내야를 살짝 벗어나는 빗맞은 안타가 하나.

실책성 플레이가 안타로 둔갑한 게 하나.

외야수가 타구 판단을 잘못해 2루타를 헌납한 게 하나.

만약 이 세 개의 안타가 아웃이 됐다면 상대 전적도 6타수 1안타로 바뀌었을 것이다.

"몇 번 이야기했지만 난 윌 마이스, 그 자식한테 안타 맞기 싫어."

박건호가 미간을 찌푸렸다. 잘 던지다가도 윌 마이스만 만나면 자꾸 경기가 꼬이니 생각만으로도 짜증이 났다.

"어쨌든 올해는 무브먼트가 확실히 좋아졌으니까 지난해처럼 아쉬운 타구는 나오지 않겠지."

오스틴 번이 피식 웃으며 박건호를 달랬다.

"이번에 만나면 세 타석 연속 삼진으로 잡아버릴 거야."

박건호도 단단히 의지를 드러냈다.

"그래도 다행이잖아. 윌 마이스를 빼면 딱히 신경 쓸 타자가 없다는 건."

"왜 없어? 자바라 블랙도 까다롭고 아담 로살레도 만만찮은데."

"엄살 부리지 마. 자바라 블랙에게는 사사구 하나 내준 게 전부고 아담 로살레한테 맞은 안타도 하나뿐이잖아."

"그래도 조심은 해야지."

박건호는 손을 내밀어 자바라 블랙과 아담 로셀라의 자료를 요구했다.

박건호가 매번 오스틴 번과 상대 팀을 연구하기 때문에 전략 분석실에서조차 박건호 몫의 자료를 전부 오스틴 번에게 넘겨주고 있었다.

"꼼꼼하기는."

오스틴 번이 투덜대며 손에 들고 있던 자료 뭉치를 넘겼다.

"파드리스 타자들은 나도 체크할 테니까 너는 콜린 레이스 정보나 한 번 더 훑어봐."

박건호가 씩 웃으며 말했다.

4월 4일. 다저스 스타디움에서 박건호와 맞대결을 펼칠 상대가 바로 콜린 레이스였다.

90년생 우완 투수인 콜린 레이스는 평균 93mile/h(≒149.7㎞/h)의 포심 패스트볼과 투심 패스트볼, 커터, 커브, 체인지업을 구사하는 선수였다.

2015년에 메이저리그에 데뷔한 이후 2016년에 5승 5패, 평균 자책점 4.82로 가능성을 보였고, 지난해 8승 11패, 평균 자책점 4.62로 선발 로테이션의 한 축을 책임지면서 올해 파드리스의 3선발로 낙점된 상태였다.

LA 언론에서는 박건호가 상대하기 수월한 상대를 만났다는 평이 많았다.

콜린 레이스가 메이저리그 3년 차 투수이긴 하지만 박건호처럼 확실한 성적을 낸 적은 없는 만큼 박건호가 무난하게 시즌 첫 승을 챙길 거라고 내다봤다.

박건호도 첫 상대로 콜린 레이스가 걸렸다는 사실에 만족하고 있었다.

반면 오스틴 번은 모두가 만만하게 보는 투수를 상대해야 한다는 부담감이 적지 않은 상태였다.

시범 경기에서 수준급 수비 능력을 선보이며 백업 포수 자리를 지켜내긴 했지만 오스틴 번의 입지는 여러모로 불안했다.

야스마니 그린과 제대로 된 경쟁조차 하지 못하고 있는데 밑에서 치고 올라오는 재능 있는 포수들이 벌써부터 자리를 내달라고 아우성을 치고 있었다.

만약 이번 시즌에도 이렇다 할 존재감을 보여주지 못할 경우 오스틴 번은 다저스의 주전 포수가 되겠다는 꿈을 접어야 할지 몰랐다.

다른 구단의 백업 포수로 트레이드가 된다면 그나마 다행이지만 1할대 타율로는 그마저도 기대하기 어려웠다.

"오스틴, 작년에 콜린 레이스 상대로 성적이 어땠어?"

"묻지 마. 말하고 싶지 않으니까."

"핸드폰으로 찾기 귀찮으니까 말해봐."

"2타수 무안타."

"2타수 무안타? 많이 상대한 건 아니네."

"그리고 삼진 두 개."

"아……."

박건호는 슬그머니 시선을 거둬 손에 쥔 분석 자료를 내려다봤다.

2타수 무안타인데 삼진 2개라면 콜린 레이스에게 완전히 농락당했다는 소리다. 그건 이를 악물고 덤벼든다고 해서 해결될 문제가 아니었다.

“짜증 나니까 이제 자료나 보자.”

“그래. 그게 좋겠다.”

박건호와 오스틴 번은 조용히 자료를 살폈다.

수많은 숫자가 눈앞을 어지럽혔지만 메이저리그 2년 차답게 박건호는 능숙하게 자료들을 머릿속에 집어넣었다. 약어로 써 있는 각종 용어들도 이제는 풀 스펠링을 말할 수 있을 만큼 익숙해졌다.

‘첫 경기니까 최대한 좋은 모습을 보여주자.’

지루함이 몰려올 때마다 박건호는 메이저리그 데뷔전이라는 생각으로 허벅지를 비틀었다.

그렇게 나흘이라는 시간이 지났다.

그리고 박건호의 2018년 첫 선발 등판 경기가 시작됐다.

2

주중인데도 다저스 스타디움은 만원 관중으로 가득 찼다. 겨우내 메이저리그가 시작되기만을 기다려 왔던 다저스 팬들이 생업까지 내팽개치고 야구장으로 몰려든 게 아닌가 의심이 들 정도였다.

“역시. 다저스 팬들은 정말 대단하다니까.”

야구장을 쑥 둘러보며 오스틴 번이 기분 좋게 웃었다.

그리고 박건호는 자신의 응원 피켓을 확인하며 실실 웃음을 흘려댔다.

가자! 건!

건! 다저스의 3연승을 쏴라!

박건호의 이름은 메이저리그에서 건으로 통용됐다.

스펠링은 GUN. 총을 의미하는 단어와 같았다.

본래 박건호가 쓰던 영어 스펠링은 GeonHo였다.

하지만 마크 윌리엄 구단주는 같은 발음이라면 Geon보다 Gun이 좋다며 Gun을 권했다.

박건호도 그 당시에는 그저 재미있을 것 같다는 생각으로 마크 윌리엄 구단주의 제안을 받아들였다.

그리고 1년 뒤.

다저스 스타디움 곳곳에 Gun이라는 단어가 들어간 피켓들이 춤을 추고 있었다.

그중에는 다소 야릇한 피켓도 적지 않았다.

내 심장에 총을 쏴 달라거나 오늘 밤 뜨겁게 총싸움을 하자라는 피켓들을 볼 때마다 박건호는 자신도 모르게 입꼬리가 꿈틀거렸다.

그러자 옆에 있던 오스틴 번이 학부모라도 되는 것처럼 으름장을 놓았다.

"건, 저런 거 보고 좋아하지 마. 저런 애들하고 어울렸다가 인생 망친 야구 선수가 한둘이 아니니까."

"나도 알아. 그리고 내가 애냐? 저런 거 보고 좋아하게?"

"오호, 저런 걸 봐도 아무렇지 않다 이거지?"

"물론이지."

"그런데 왜 네 물건은 그렇게 화가 나셨을까?"

"무, 무슨 헛소리야. 나 원래 한 물건 하거든?"

"시끄럽고 빨리 마음을 다잡는 게 좋을 거야. 나중에 투구할 때 고생하지 말고."

오스틴 번의 진심 어린 조언에 박건호는 입술을 삐죽거리며 더그아웃으로 들어갔다. 그리고 구석에서 하의를 다시 한번 반듯하게 정리했다.

"아직은 일러, 인마. 그래도 최저 연봉은 벗어나야지. 벌써부터 이러면 곤란하다고."

박건호가 혼잣말처럼 중얼거렸다. 그러자 통역을 돕고 있는 레이첼이 불쑥 고개를 내밀었다.

"뭐가 이른데요?"

"에? 아, 아무것도 아니에요."

"뭔데요. 나한테만 알려줘요. 요즘 구단에서 건에 대해 물어볼 때마다 할 말이 없어서 죽을 것 같단 말이에요."

박건호는 이젠 통역 없이도 일상적인 대화가 가능한 정도의 영어 회화 실력을 갖추고 있었다.

하지만 다저스 구단은 레이첼과 당연하다는 듯이 재계약을 했다. 지난해 박건호가 11승을 올리며 다저스의 중요 자원이 되었으니 사소한 것 하나도 빼먹지 말고 구단에게 잘 전달해 달라는 이유에서였다.

그리고 실제로 구단 관계자들은 레이첼만 보면 자연스럽게 박건호에 대해 물었다.

"건은 요즘 어때요? 다저스 생활에 만족하던가요?"

"건이 특별히 좋아하는 음식은 뭐예요?"

박건호의 일상이나 취향을 묻는 질문은 그나마 나은 편이었다.

"지난번에 보니까 건이 트와이즈라는 걸그룹을 좋아하는 거 같던데 올해 한인의 날에도 트와이즈를 섭외하는 게 어떨까?"

"확인해 보니 건이 작년 시즌 중에 한국을 한 번도 안 갔더라고. 이유가 있는 거야? 혹시 부모와 사이가 좋지 않은 건가?"

행사에 관한 조언부터 시작해 민감한 사생활 문제에 이르기까지 모든 대답을 레이첼에게서 얻으려 했다.

그때마다 레이첼은 임기응변으로 그럴듯한 대답을 하여 상황을 모면해 왔다.

하지만 그런 일에도 한계가 있었다.

"레이첼, 요즘 건을 제대로 신경 쓰고 있긴 한 거야?"

오늘 아침에 만난 구단 관계자에게 따끔히 한마디 들은 이후로 레이첼은 발등에 불이 떨어졌다. 그래서 뭐라도 좋으니 박건호와 관련된 말할 거리를 얻어내려 애를 썼다.

"자, 건. 부담 갖지 말고 이 누나한테 말해봐요."

"정말 별일 아니라니까요."

"자꾸 이럴 거예요? 이런 식으로 나 무시하면 나중에 두고두고 건을 원망할지도 몰라요."

"정말이에요. 그러니까 제발 좀 침착해요."

박건호는 스토커처럼 들러붙는 레이첼을 어렵사리 진정시켰다. 그리고 도망치듯 글러브를 들고 그라운드로 올라섰다.

"건이다!"

"건! 여기 좀 봐!"

박건호의 등장에 다저스 스타디움 곳곳에서 뜨거운 환호성이 터져 나왔다.

"그래, 이 맛에 선발하는 거지."

박건호는 씩 웃으며 마운드로 당당히 걸음을 옮겼다.

그 모습이 중계 카메라에 멋들어지게 잡혔다.

—오늘 다저스의 선발 투수는 건입니다.

—2016년 내셔널 리그 신인상을 수상한 선수죠.

—작년에 신데렐라처럼 등장해 선발로만 11승을 거두었습니다.

—데뷔 2년 차에 다저스의 3선발 자리를 꿰찼는데요.

—올 시즌 활약이 기대가 되는 선수입니다.

중계진이 기다렸다는 듯이 박건호를 소개했다. 특별히 중요한 매치업은 아니었지만 오늘 방송은 ESPM을 통해 전국에 생방송으로 중계되고 있었다.

—지난 시즌 성적을 간략하게 살펴볼까요. 5월에 콜업되어 한동안 불펜에서 활약을 했습니다. 11경기에 등판해 승패 없이 평균 자책점 1.88을 기록했네요. 그러다 한인의 날을 시작으로 선발로 자리를 옮겨 17경기에서 11승 3패, 평균 자책점 2.00을 기록했습니다.

—시즌 평균 자책점은 1.99죠.

—네, 바로 그 1.99라는 평균 자책점 덕분에 강력한 라이벌인 타이 블랙을 제치고 신인상을 받을 수 있었습니다.

—신인이 데뷔 시즌에 100이닝 이상을 던져서 1점대 평균 자책점을 기록했다는 것 자체가 대단한 일이니까요.

-반면, 타이 블랙의 평균 자책점은 3점대 중반이었습니다.

-전체적으로 기록이 엇비슷한 1점대 평균 자책점 투수와 3점대 평균 자책점 투수라면 아무래도 1점대 평균 자책점 투수에게 표를 줄 수밖에 없을 것 같습니다.

-벌써부터 여러 매체에서 건이 이번 시즌에도 좋은 활약을 펼쳐 줄 거라 예상하고 있는데요.

-하지만 2년 차 징크스라는 게 있으니까요.

-그런 의미에서 시즌 첫 경기인 오늘 경기를 어떻게 치르느냐가 중요한데요.

-한편으로 팀의 연승을 이어야 하는 부담감을 어떻게 이겨내는지도 관심 있게 지켜봐야 할 것 같습니다.

앞선 두 경기에서 다저스는 파드리스를 잡아내고 2승을 거둔 상태였다.

홈 개막전은 에이스 슬레이트 커쇼의 원맨쇼가 펼쳐졌다.

9이닝 6피안타 무사사구 무실점 완봉승.

33명의 타자를 상대하는 동안 삼진은 무려 11개나 빼앗아냈다.

슬레이트 커쇼를 앞세운 다저스는 파드리스를 7 대 0으로 물리치고 첫 승을 신고했다. 그리고 여세를 몰아 2차전에서도 파드리스를 5 대 2로 제압했다.

LA 언론은 2차전 승리의 1등 공신으로 선발 마에다 케이타를 꼽았다.

슬레이튼 커쇼처럼 압도적인 무언가를 보여주진 못했지만 6이닝을 소화하며 5피안타 2사사구 2실점으로 안정적인 피칭을 선보였다.

선발 투수들의 연이은 호투가 이어지자 몇몇 극성맞은 지역 언론은 박건호가 적잖게 부담을 받을 수밖에 없을 것이라고 전망했다.

슬레이튼 커쇼와 마에다 케이타의 피칭을 두 눈으로 똑똑히 지켜봤을 테니 잘해야겠다는 강박감 때문에 오히려 경기가 어려워질지 모른다고 걱정을 늘어놓기까지 했다.

하지만 박건호는 선두 타자 트레비스 얀키우스키를 4구 만에 삼진으로 돌려세우며 다저스 스타디움을 열광의 도가니로 만들어버렸다.

—건! 삼진입니다. 98mile/h의 빠른 포심 패스트볼을 몸 쪽에 찔러 넣어 트레비스 얀키우스키를 단숨에 잡아냅니다!

—정말 좋은 포심 패스트볼이었습니다. 98mile/h이면 지난 시즌 최고 구속인데요.

—시범 경기 때 구속이 심상치 않았었는데 오늘 쾌조의 스타트를 선보입니다!

중계진이 칭찬을 쏟아내는 동안 박건호는 여유롭게 마운드를 고르며 다음 타자를 기다렸다.

지난해와는 확연히 달라진 포심 패스트볼의 무브먼트 때문일까.

2번 타자 얀게르비스 솔라테는 막스 맥과이어 벤치 코치에게 붙들려 한참 동안 조언을 받아야 했다.

–현역 때는 정말 대단한 선수였죠. 막스 맥과이어. 16년간 583개의 타구를 담장 밖으로 넘겨 버린 전설적인 홈런 타자입니다. 카디널스와 다저스를 거쳐 지금은 벤치 코치로서 파드리스 선수들을 지도하고 있는데요. 과연 얀게르비스 솔라테에게 무슨 말을 했을까요?

–글쎄요. 빠른 공은 쉽지 않아 보이니 변화구를 노리라고 하지 않았을까요?

–변화구라. 오늘 건의 컨디션으로 봐서는 변화구를 노리는 것도 쉽지 않을 것 같은데요.

–아직 커브와 슬라이더는 보여주지 않았으니까요. 조금 더 지켜봐야 할 것 같습니다.

스윽. 스윽.

타석에 들어서기가 무섭게 얀게르비스 솔라테는 타석부터

골랐다. 스위치히터로 좌타석과 우타석 어디든 들어갈 수 있지만 박건호가 좌완 투수인 탓에 오늘 경기 처음으로 우타석을 밟는 타자가 됐다.

"이봐, 솔라테. 맥과이어가 무슨 말을 한 거야?"

오스틴 번이 슬쩍 말을 걸었다. 다른 걸 떠나 메이저리그 레전드 중 한 명이자 명코치 반열에 올라선 막스 맥과이어 코치가 박건호에 대해 어떤 말을 했는지가 궁금해졌다.

그러자 얀게르비스 솔라테가 슬쩍 입가를 비틀어 올렸다.

"별 말 안 했어. 저 녀석 포심 패스트볼은 별거 아니니까 힘껏 휘두르면 담장 밖으로 넘어갈 거라던데?"

"허, 막스 맥과이어가 그런 말을 했다고."

"그렇다니까? 그러니까 어디 포심 패스트볼을 맘껏 던져보라고."

얀게르비스 솔라테가 자신만만한 목소리로 말했다.

그 모습이 어찌나 천연덕스럽던지 오스틴 번도 하마터면 속아 넘어갈 뻔했다.

하지만 포심 패스트볼을 노리는 것치고 얀게르비스 솔라테의 타격 위치는 조금 앞쪽에 위치해 있었다.

'보나마나 슬라이더나 체인지업을 노리고 있군.'

오스틴 번이 피식 웃었다. 그러고는 초구에 바깥쪽을 파고드는 포심 패스트볼을 주문했다.

후앗!

박건호의 손끝을 빠져나간 공이 곧장 바깥쪽으로 날아들었다.

'빨라!'

막스 맥과이어 코치로부터 투 스트라이크 이전까지 포심 패스트볼을 거르라는 주문을 받은 얀게르비스 솔라테는 지시대로 타격을 포기했다.

느낌상 스트라이크 같았지만 보다 좋은 기회를 잡기 위해 공 하나 흘려보내는 건 어려운 일이 아니었다.

'초구에 포심이 들어왔으니까 이번에는 분명 변화구겠지.'

타석 밖에서 잠시 숨을 고른 뒤 얀게르비스 솔라테가 방망이를 단단히 움켜쥐었다.

가장 먼저 머릿속에 떠오른 건 백도어성으로 흘러 들어오는 커브였다. 그다음은 포심 패스트볼처럼 날아들다 마지막 순간에 살짝 가라앉는 포심 체인지업.

역으로 몸 쪽 슬라이더일지도 모른다는 생각이 들었지만 얀게르비스 솔라테는 타깃을 바깥쪽으로 잡았다.

후앗!

예상대로 박건호의 손끝을 빠져나간 공은 바깥쪽으로 날아들었다.

하지만 이번에도 공은 빠르게 홈 플레이트를 스쳐 지났다.

'젠장. 또 포심이라니.'

얀게르비스 솔라테의 얼굴이 와락 일그러졌다. 설마하니 연속해서 포심 패스트볼로 공략해 들어올 줄은 예상하지 못한 모양이었다.

당황한 건 막스 맥과이어 코치도 마찬가지였다.

"흠……. 다저스 배터리가 아무래도 볼 배합을 바꾼 모양인데."

특별히 불러 조언까지 해준 얀게르비스 솔라테가 아무것도 해보지 못하고 투 스트라이크에 몰렸다는 사실에 얼굴이 다 화끈거릴 지경이었다.

"막스, 이번에는 건이 뭘 던질까?"

에디 그린 감독이 살짝 굳어진 얼굴로 막스 맥과이어 코치를 바라봤다.

"그, 글쎄요. 앞서 빠른 공을 두 개 던졌으니 이번에는 느린 커브가 들어오지 않을까 생각합니다."

막스 맥과이어 코치가 선수 시절의 경험을 바탕으로 말했다.

"아무래도 그렇겠지."

에디 그린 감독도 박건호-오스틴 번 배터리가 하나쯤은 쉬어갈 것이라고 예상했다.

하지만 오스틴 번은 승부를 길게 끌고 갈 생각이 없었다.

'자, 건! 여기에 던지라고.'

수신호를 마친 오스틴 번이 살짝 엉덩이를 들어 올렸다. 그러면서 미트를 얀게르비스 솔라테의 가슴 옆쪽으로 붙여 넣었다.

몸 쪽 하이 패스트볼.

그 모습을 지켜본 모든 이가 3구 사인을 알아채 버렸다.

그러나 정작 얀게르비스 솔라테는 알지 못했다. 오스틴 번이 움직였다는 사실은 느꼈지만 설마하니 몸 쪽으로 빠른 공이 들어오리라고는 조금도 생각하지 않았다.

그 허점을 향해 박건호가 힘차게 공을 내던졌다.

후앗!

박건호의 손끝을 빠져나간 공이 곧장 얀게르비스 솔라테의 얼굴 쪽으로 날아들었다.

'이런 미친!'

얀게르비스 솔라테는 박건호가 빈볼성 공을 던진 거라고 확신했다. 그래서 타격을 포기한 채 그대로 상체를 뒤 쪽으로 빼버렸다.

하지만 총알처럼 날아든 공은 스트라이크존 가장 높은 코스를 통과한 뒤 오스틴 번의 미트에 맹렬히 파묻혔다.

퍼엉!

묵직한 포구 소리가 경기장을 뒤흔들었다.

그 소리에 현혹이라도 된 듯 구심이 곧바로 오른팔을 들어 올렸다.

"스트라이크, 아웃!"

"뭐라고요? 이게 스트라이크라고요?"

얀게르비스 솔라테는 말도 안 된다며 펄쩍 뛰었다. 자신의 예상만큼 몸 쪽으로 붙진 않았지만 분명 높은 공이었다. 이런 공이 스트라이크존을 통과할 리 없다고 단언했다.

그러나 구심은 요지부동이었다.

중계석에서도 정말 아슬아슬한 스트라이크가 들어왔다며 구심의 손을 들어주었다.

–홈 플레이트 위를 통과할 때의 공의 위치를 보면 아시겠지만 이 공은 스트라이크를 줘도 무방한 공입니다.

–구심이 스트라이크존의 상하 폭을 좁게 설정했다면 볼이 됐겠지만 정상적이거나 상하 폭이 조금 넓은 구심이라면 스트라이크라고 판정할 것 같습니다.

–얀게르비스 솔라테, 초구와 2구가 바깥쪽으로 들어왔다가 3구가 몸 쪽 높게 날아드니 빈볼이라고 착각한 모양인데요.

–솔직히 저 공은 노리지 않고서야 때려내기 쉽지 않은 코스로 들어왔습니다. 게다가 전광판에 찍힌 구속이 무려

98mile/h(≒157.7㎞/h)입니다.

-건, 오늘 경기에서 벌써 3번째 98mile/h의 구속을 선보였는데요. 경기 초반부터 파드리스 타자들을 힘으로 몰아붙이고 있습니다.

1분 가까이 불만을 늘어놓던 얀게르비스 솔라테가 막스 맥과이어 코치의 손에 끌려 더그아웃으로 들어간 뒤 3번 타자 알렉스 디커슨이 타석에 들어섰다.

91년생 좌타자로 작년 15개의 홈런을 때려내며 올해 새롭게 중심 타선에 합류한 파드리스의 미래 중 한 명이었다.

"후우……."

알렉스 디커슨은 타석에 들어서기가 무섭게 한숨부터 내쉬었다.

지난 시즌 박건호를 상대로 5타수 무안타에 그친 가운데 밥상을 차려 줘야 할 테이블 세터가 전부 삼진으로 물러났으니 부담이 클 수밖에 없었다.

'빠른 공. 일단 빠른 공을 노리자.'

알렉스 디커슨이 조심스럽게 방망이를 들어 올렸다. 패스트볼 계열에 강한 그로서는 빠른 공 위주로 승부가 들어오는 지금 상황이 그리 싫지가 않았다.

하지만 오스틴 번도 포심 패스트볼을 전가의 보도처럼 마구잡이로 사용할 생각은 없었다.

'자, 이 포심 패스트볼 바보에게 가장 느린 공을 보여주자고.'

오스틴 번이 초구에 커브 사인을 냈다.

코스는 바깥쪽.

넉넉하게 스트라이크를 받을 만한 위치에 미트를 받쳐 들었다.

중심 타자에게 던지기에는 제법 위험한 공이었지만 박건호는 군말 없이 고개를 끄덕였다. 초구 커브는 노련한 베테랑 타자들도 쉽게 노리기 어려운 공이었다.

후앗!

박건호의 손끝을 빠져나간 공이 한복판을 지나 느릿하게 날아들었다.

'젠장!'

알렉스 디커슨은 입술을 질근 깨물었다.

슬라이더나 체인지업이었다면 어떻게든 방망이를 내돌려 걷어내기라도 했겠지만 커브만큼은 전혀 대처가 되어 있지 않았다.

퍼억!

오스틴 번이 떨어지는 공을 단단히 받쳐 들었다.

"스트라이크!"

구심이 망설이지 않고 오른팔을 들어 올렸다.

“좋았어.”

박건호가 슬쩍 입가를 비틀어 올렸다.

그 모습이 1루 측 더그아웃 난간에 서 있던 에디 그린 감독의 눈에 정확하게 걸려들었다.

“큰일이군. 건이 지나치게 자신만만해하고 있어.”

에디 그린 감독이 무겁게 한숨을 내쉬었다.

파드리스를 상대로 강한 면모를 보이는 투수가 한둘은 아니지만 다저스의 루키마저 그 대열에 합류했다는 사실에 속이 쓰렸다.

그러자 막스 맥과이어 벤치 코치가 냉큼 에디 그린 감독을 달랬다.

“걱정 마요, 에디. 알렉스와 어제 하루 종일 건을 상대할 방법을 연구했다고요. 아마 알렉스도 순순히 물러나지 않을 겁니다.”

막스 맥과이어 코치의 말을 듣기라도 한 듯 알렉스 디커슨은 2구 바깥쪽으로 떨어지는 체인지업의 유혹을 참아낸 뒤 3구 몸 쪽 포심 패스트볼과 4구 몸 쪽 슬라이더를 전부 걷어내며 박건호를 몰아붙였다.

막스 맥과이어 코치도 알렉스 디커슨의 분전에 그것 보라며 한껏 손뼉을 두드렸다.

"제법 잘 쫓아오는데?"

오스틴 번도 알렉스 디커슨이 작년과 다르다는 걸 인정할 수밖에 없었다.

하지만 그렇다고 해서 알렉스 디커슨이 두렵게 느껴지진 않았다.

작년보다 성장한 건 알렉스 디커슨만이 아니었다.

박건호는 물론이고 오스틴 번도 겨우내 주전 포수 자리를 차지하기 위해 구슬땀을 흘렸다.

"몸 쪽 공을 계속 커트하겠다면 이건 어떨까?"

오스틴 번이 가랑이 사이로 오른손을 집어넣었다. 그리고 천천히 손가락을 움직였다.

첫 번째 수신호는 손가락 두 개.

두 번째 수신호는 검지손가락.

세 번째 수신호는 엄지손가락.

여기서 끝났다면 바깥쪽에 꽉 차게 들어오는 포심 패스트볼이었다.

하지만 오스틴 번은 두 번째 신호를 보낼 때 검지를 살짝 접었다 폈다.

'투심이라.'

사인을 확인한 박건호가 씩 웃었다. 그리고는 글러브 안에서 공을 단단히 움켜쥐었다.

투구판을 밟으며 박건호는 가장 이상적인 투심 패스트볼의 움직임을 머릿속에 그렸다.

손끝을 빠져나간 공이 바깥쪽으로 도망치듯 빠져나가다가 마지막 순간에 홈 플레이트 쪽으로 꺾어 들어와 스트라이크 존을 통과하는, 일명 백도어 투심 패스트볼을 던진다면 알렉스 디커슨을 삼진으로 잡아낼 수 있을 것 같았다.

"좋아, 해보자."

잠시 오스틴 번의 미트를 응시하던 박건호가 힘차게 투구판을 박차고 앞으로 나갔다.

후앗!

박건호의 손끝을 빠져나온 공이 바깥쪽으로 날아들었다. 그러더니 마지막 순간에 살짝 방향을 틀어 홈 플레이트 가장자리를 파고들며 오스틴 번의 미트 속에 파묻혔다.

퍼엉!

"스트라이크, 아웃!"

묵직한 포구 소리와 구심의 삼진 콜이 동시에 울려 퍼졌다.

"젠장할!"

멍하니 공을 지켜보던 알렉스 디커슨이 입술을 깨물며 타석에서 물러났다.

박건호가 시범 경기에서 투심 패스트볼을 던졌다는 이야기를 듣긴 했지만 그 공이 이 정도로 완성되어 있을 줄은 미처 예상하지 못한 모양이었다.

중계진들도 호들갑을 떨었다.

—건! 건! 지금 대체 무슨 공을 던진 거죠?

—궤적으로 봐서는 투심 패스트볼 같은데요. 와우, 저 공은 누구도 못 칠 것 같습니다.

—구속도 상당하네요. 전광판에 94mile/h(≒151.3㎞/h)이 찍혔습니다.

—건! 지난 시즌 11승을 거두긴 했지만 일부 언론에서는 2년 차 징크스를 걱정하는 목소리가 나왔었는데 올 시즌을 위한 준비를 제대로 해온 것 같습니다.

다저스 팬들의 환호를 받으며 박건호가 천천히 마운드를 내려갔다.

"잘했어! 건!"

"방금 그거 뭐였어? 대체 뭘 던진 거야?"

"세 타자 연속 삼진이라니! 너 정말 대단한데?"

"이리 와! 이 예쁜 녀석!"

다저스 선수들도 앞다투어 박건호를 반겼다. 이제 겨우 1회 초가 끝났을 뿐이지만 경기 분위기는 벌써 다저스 쪽으로 기운 느낌이었다.

"저게 모렐이 가르쳐 준 투심 패스트볼인가요? 움직임이 상당히 좋습니다."

밥 그린 벤치 코치가 모렐 허샤이저 감독을 바라보며 웃었다.

데빈 로버츠 감독은 성적 부진을 이유로 재계약에 실패했지만 밥 그린 코치는 경력을 인정받아 계속해서 벤치 코치 자리에 머무르고 있었다.

그리고 밥 그린 코치가 살아남는 데 가장 큰 역할을 한 게 다름 아닌 모렐 허샤이저 감독이었다.

"내가 다저스를 잘 이끌어가기 위해서는 밥 그린 코치 같은 경험 많은 코치들이 필요합니다."

모렐 허샤이저 감독은 다른 감독들처럼 벤치 코치에 자신의 사람을 앉히려 들지 않았다. 데빈 로버츠 감독을 따라 팀을 나서지 않는 이상 코치진을 불필요하게 바꿀 뜻이 없다는 걸 분명히 밝혔다.

데빈 로버츠 감독이 지휘봉을 잡은 지난 3년간 다저스는 충분히 좋은 성적을 냈다.

2015년 성적 92승 70패 0.568

내셔널 리그 서부 지구 1위, 내셔널 리그 전체 승률 4위

2016년 성적 91승 71패 0.562

내셔널 리그 서부 지구 1위, 내셔널 리그 전체 승률 3위

2017년 성적 89승 73패 0.549

내셔널 리그 서부 지구 2위, 내셔널 리그 전체 승률 4위

데빈 로버츠 감독 체제 하에서 다저스는 단 한 번도 승률이 5할 밑으로 내려간 적이 없었다. 또한 세 시즌 연속으로 포스트 시즌에 진출하는 좋은 결과를 이어갔다.

팬들과 구단이 원하는 월드시리즈 우승에 실패했다고 해서 데빈 로버츠 감독과 함께했던 지난 3년을 실패한 시즌이라 매도할 수는 없는 노릇이었다.

그래서 모렐 허샤이저 감독은 현 코칭스태프를 그대로 인계받기로 결정을 내렸다.

코치들의 수장으로서 밥 그린 코치는 모렐 허샤이저 감독이 고마웠다. 자연스럽게 모렐 허샤이저 감독이 키웠다는 박건호에게 더욱 관심이 갔다.

하지만 모렐 허샤이저 감독은 공과 사를 분명히 하는 편이었다.

"나는 그저 그립과 던지는 방법만 가르쳐 줬을 뿐입니다. 저만큼 습득한 건 다 건의 노력과 재능이겠죠."

모렐 허샤이저 감독이 칭찬을 박건호에게 돌렸다.

밥 그린 코치가 그래도 속으로 좋지 않으냐며 눈빛을 보냈

지만 박건호를 잘 가르쳤다는 보람보다는 좋은 투수로 성장해 준 것에 대한 대견한 마음이 더 컸다.

처음 박건호에게 투심 패스트볼과 싱커를 알려줄 때도 모렐 허샤이저 감독은 박건호가 당장 새 구종을 실전에서 써먹을 수 있을 거라 기대하지 않았다.

싱커는 빨라야 3년. 투심 패스트볼은 제대로 던지기까지 5년 정도는 걸릴 것이라고 예상했다.

싱커를 완성시킬 때쯤 마이너리거 꼬리표를 떼고 투심 패스트볼을 완성시켜 메이저리그 정상급 투수로 발돋움해라.

이것이 모렐 허샤이저 감독이 박건호에게 투심 패스트볼과 싱커를 전수하며 건넨 메시지였다.

그런데 정작 박건호는 고작 반년 만에 싱커와 유사한 투심 체인지업을 익혀 11승 투수로 성장했다.

그것으로도 모자라 겨우내 까다로운 투심 패스트볼을 자신의 것으로 만들어 가지고 왔다.

'어쩌면 내 가르침이 필요 없었을지도 모르지.'

모렐 허샤이저 감독이 박건호에게 다가가 주먹을 내밀었다.

"감독님!"

박건호도 씩 웃으며 제 주먹을 가져다 댔다.

"그 정도로 되겠습니까? 가서 조금 더 격려해 주시죠."

밥 그린 코치가 옆에서 부추겼다.

모렐 허샤이저 감독과 박건호의 사이를 모르는 이는 아무도 없으니 감정 표현을 자연스럽게 해도 누구도 뭐라 하지 않을 것이라는 뜻이었다.

그러나 모렐 허샤이저 감독은 박건호 한 사람의 감독이 되기 위해 다저스 감독직을 수락한 게 아니었다.

"이 정도면 충분합니다. 이제 고작 1회니까요."

모렐 허샤이저 감독이 가볍게 웃으며 손에 쥔 자료를 살폈다. 때마침 마운드 위로 파드리스의 선발 투수 콜린 레이스가 올라왔다.

–파드리스의 선발 투수는 콜린 레이스입니다.

–지난해 8승을 거두며 선발 투수로서의 가능성을 보여줬는데요. 올해는 3선발로 시즌을 시작합니다.

–솔직히 에디 그린 감독이 콜린 레이스에게 3선발을 맡긴다고 했을 때 우려의 목소리가 많았는데요.

–작년 시즌 성적을 놓고 봤을 때 조금 더 하위 선발에서 경험을 쌓아야 하는 투수니까요. 4, 5선발 정도가 적당하다는 의견이 많았죠.

—반면 에디 그린 감독은 올 시즌 콜린 레이스를 주목해야 한다고 말했는데요.

—네, 에디 그린 감독의 말을 빌리자면 콜린 레이스는 내셔널 리그 최고의 3선발이 될 재능을 갖추었다, 라고 했죠.

—그 말은 콜린 레이스가 3선발에 만족하지 않고 1, 2선발까지 올라와주길 바라는 것 같은데요.

—팀 내 유망주를 잘 다독거려 좋은 성적을 내도록 이끄는 건 감독들이 해야 할 의무 중 하나니까요. 콜린 레이스에 대한 에디 그린 감독의 평가에 큰 의미를 부여하긴 어려울 것 같습니다.

—그래도 내셔널 리그 최고의 3선발감이라고 하니 방금 전에 마운드에서 내려간 건이 걸리는데요.

—하하. 솔직히 경험 면에서는 콜린 레이스가 건보다 앞서는 게 사실입니다. 건은 이제 2년 차인 반면 콜린 레이스는 3년 차에 접어들었으니까요. 하지만 지금까지 보여준 걸 놓고 보자면 글쎄요. 콜린 레이스가 건의 재능을 따라잡긴 쉽지 않아 보입니다. 게다가 건은 98년생이죠. 90년생인 콜린 레이스보다 8살은 어립니다.

—콜린 레이스에 비해 건이 보여줄 게 더 많다는 뜻이죠?

—감히 부정하진 않겠습니다. 그래도 또 모르죠. 오늘 경기에서 콜린 레이스가 건을 꺾고 에디 그린 감독의 기대에 부응

할지도요.

–앞선 1회 초에 건은 파드리스의 타선을 상대로 삼진 세 개를 빼앗아갔는데요. 콜린 레이스는 어떤 모습을 보여줄지 지켜보겠습니다.

중계진은 에둘러 선발로서의 박건호와 콜린 레이스의 무게감이 다르다고 말했다.

콜린 레이스가 경험에서 조금 앞선다고 하지만 열여덟 살의 나이에 메이저리그에 데뷔해 11승을 거두는 건 아무나 할 수 있는 일이 아니었다.

"콜린! 할 수 있어! 다저스 타자들을 쓸어버리라고!"

물론 에디 그린 감독은 박수를 치며 콜린 레이스를 독려했다.

그러나 정작 콜린 레이스는 박건호의 압도적인 피칭에 반쯤 전의를 상실한 상태였다.

"후우……."

습관적으로 마운드를 고르며 콜린 레이스가 길게 한숨을 내쉬었다.

가뜩이나 팀이 스윕 위기에 몰린 가운데 박건호가 최고의 컨디션을 자랑하고 있으니 공을 던질 맛이 나질 않았다.

"내가 잘 던지면 뭘 해. 타자들이 안타조차 뽑아내지 못하고 있는데.”

고작 1회가 지났을 뿐이지만 콜린 레이스는 오늘 경기가 훤히 보였다.

아마도 타자들은 작년 박건호를 상대했을 때보다 더 형편없이 무너질 것이다.

반면 자신은 2연승의 기세를 탄 다저스 타자들을 상대로 힘겨운 대결을 펼치게 될 게 뻔했다.

“아니야. 벌써부터 기운 빠지는 생각은 하지 말자.”

콜린 레이스가 애써 고개를 흔들었다.

잠깐 상념에 빠진 사이 다저스의 1번 타자 앤드 토레스가 타석으로 들어왔다.

앤드 토레스와 시선이 마주치자 콜린 레이스가 눈매를 굳혔다.

2016년 0.314의 타율로 화려하게 데뷔한 앤드 토레스는 2017년에도 0.308의 타율을 기록하며 다저스 공격의 선봉장으로 맹활약 중이었다. 게다가 콜린 레이스에게도 8타수 3안타로 강했다.

‘최대한 어렵게 승부해야 해.’

파드리스의 포수 크리스티안 베탄코스가 초구에 바깥쪽 포심 패스트볼 사인을 냈다.

콜린 레이스는 군말 없이 고개를 끄덕였다. 그리고 크리스티안 베탄코스의 미트를 향해 빠르게 공을 던졌다.

하지만 앤드 토레스는 방망이를 내밀지 않았다. 구심도 공이 조금 빠졌다고 판단한 듯 볼을 선언했다.

"젠장."

초구부터 말을 듣지 않자 콜린 레이스의 표정이 더욱 굳어졌다.

자연스럽게 제구가 흔들렸다.

2구 몸 쪽 포심 패스트볼도 낮았다는 이유로 볼.

3구 바깥쪽으로 흘러나가는 커브도 볼.

4구째 투심 패스트볼을 몸 쪽에 붙여 파울을 이끌어 내긴 했지만 거기까지였다.

원 스트라이크 쓰리 볼 상황에서 스트라이크를 잡기 위해 던진 포심 패스트볼이 살짝 빠지면서 앤드 토레스를 1루로 내보내고 말았다.

"젠장!"

콜린 레이스가 신경질적으로 마운드를 걷어찼다.

구심이 조금만 더 관대하게 스트라이크를 잡아줬더라도 앤드 토레스에게 사사구를 허용하진 않았을 텐데.

입 밖으로 절로 짜증이 터져 나왔다.

그사이 타석에 2번 타자 저스트 터너가 등장했다.

"작전을 걸까요?"

밥 그린 벤치 코치가 모렐 허샤이저 감독을 바라봤다.

경기 초반이긴 하지만 홈 경기였다. 게다가 2연승 중이었다. 여기서 선취점을 뽑아낸다면 오늘 경기를 훨씬 수월하게 끌고 갈 수 있을 것 같았다.

"터너가 콜린 레이스를 상대로 어땠죠?"

모렐 허샤이저 감독이 밥 그린 코치에게 되물었다.

그러자 밥 그린 코치가 냉큼 터너 바드 타격 코치에게 고개를 돌렸다.

"작년 기준으로는 7타수 2안타입니다. 통산 전적은 10타수 2안타고요."

터너 바드 코치가 밥 그린 코치를 대신해 대답했다.

"흠……."

모렐 허샤이저 감독이 나직이 신음했다. 냉정하게 봤을 때 저스트 터너에게 모든 걸 맡길 만한 성적은 아니었다.

"번트 사인을 내도록 하죠."

모렐 허샤이저 감독이 결단을 내렸다.

그 지시가 크리스 우드 3루 코치를 통해 저스트 터너에게 전달되었다.

저스트 터너는 군말 없이 고개를 주억거렸다. 그리고 콜린 레이스의 2구를 노려 정확하게 3루 방면으로 번트를 댔다.

"1루로!"

3루수 얀게르비스 솔라테가 공을 잡기가 무섭게 포수 크리스티안 베탄코스가 소리쳤다.

얀게르비스 솔라테는 욕심 부리지 않고 1루로 공을 던져 타자 주자 저스트 터너를 잡아냈다.

그사이 1루 주자 앤드 토레스는 2루까지 진루했다.

1사 주자 2루 상황에서 3번 타자 코일 시거가 타석에 들어섰다.

"시거! 한 방 날리라고!"

박건호가 더그아웃에서 크게 소리쳤다.

그러자 코일 시거가 씩 웃으며 방망이를 들어 올렸다.

"뭘 히죽거리는 거야?"

콜린 레이스가 미간을 찌푸렸다. 상대 전적에서 앞서가다 보니 코일 시거가 꼭 이 상황을 즐기는 것처럼 느껴졌다.

콜린 레이스가 민감하게 굴 만큼 코일 시거는 콜린 레이스에게 강했다.

2015년 두 사람의 첫 대결에서 코일 시거가 2타수 1안타 1득점을 올린 것을 시작으로 2016년은 4타수 1안타 1타점에 사사구 2개를, 2017년은 7타수 4안타 2타점 1득점에 홈런 1개 사사구 1개를 기록했었다.

3년 통산 상대 성적은 13타수 6안타 타율 0.461, 출루율은 0.563에 달했다.

이 정도 성적이면 천적이라 불러도 손색이 없을 정도였다.

게다가 코일 시거는 찬스에 강했다. 괜히 정면 승부를 고집했다가 점수를 내줄 가능성이 높았다.

'최대한 거르는 쪽으로 가자고.'

크리스티안 베탄코스가 초구부터 바깥쪽에 빠지는 볼을 요구했다. 콜린 레이스가 못마땅한 표정을 지었지만 사인은 바뀌지 않았다.

'제발 쳐라! 제발 건드리라고!'

콜린 레이스는 이를 악물고 공을 던졌다.

그러나 욕심이 담긴 공은 크리스티안 베탄코스의 요구보다 스트라이크존을 훨씬 많이 벗어나 버렸다.

―아, 볼입니다. 콜린 레이스. 5구 만에 코일 시거를 1루로 내보냅니다.

―이건 거의 고의사구라고 봐야겠죠. 콜린 레이스, 천적인 코일 시거를 상대하기가 거북했던 모양입니다.

사사구를 얻어낸 코일 시거가 천천히 1루를 채웠다.

그렇게 1사 주자 1, 2루가 만들어졌다.

그리고 타석에 4번 타자 에이든 곤잘레스가 들어섰다.

"어떻게 하시겠습니까?"

밥 그린 벤치 코치가 다시금 모렐 허샤이저 감독을 바라봤다. 4번 타자 앞에 밥상이 차려지긴 했지만 애석하게도 에이든 곤잘레스의 컨디션이 그다지 좋지 않았다.

파드리스와의 1차전에서 5타수 무안타, 2차전에서 4타수 1안타.

8타석 연속 무안타를 깨긴 했지만 에이든 곤잘레스가 이 기회를 살려줄 거라 확신하긴 어려운 상황이었다.

게다가 수비 시프트도 문제였다. 1, 2루 간을 세 명의 수비수로 채운 뒤 압박한다면 제아무리 에이든 곤잘레스라 해도 안타를 때려내기가 쉽지 않을 것 같았다.

"작전을 거시죠. 작 피터슨은 컨디션이 좋아 보입니다."

터너 바드 타격 코치가 한마디 거들었다. 더블플레이의 위험을 피해 히트 앤드 런을 건다면 에이든 곤잘레스도 마음 편히 타격에 임할 수 있을 터였다.

그러나 모렐 허샤이저는 고개를 흔들었다.

"그렇게 하면 작 피터슨을 거를 겁니다. 그리고 조시 메딕과 승부를 보겠죠."

1사 1, 2루 상황에서 에이든 곤잘레스를 상대하는 것과 2사 만루에서 조시 메딕을 상대하는 것.

둘 중 파드리스 배터리가 선호하는 건 후자일 게 뻔했다.

비록 시즌 초반 컨디션이 좋지 않다 하더라도 에이든 곤잘레스는 에이든 곤잘레스였다. 전성기에 비해 힘은 다소 떨어졌지만 정교함이 살아나면서 지난 시즌 다저스에서 처음으로 3할 타율을 기록했다.

게다가 에이든 곤잘레스는 노련했다. 득점권에서도 상당히 강했다. 홈런 개수로는 코일 시거와 작 피터슨에게 밀린 지 오래지만 아직까지도 다저스의 4번 타순을 차지하고 있는 것도 바로 이러한 장점이 많기 때문이었다.

반면 조시 메딕은 정교함이 떨어졌다. 2016년 다저스로 넘어온 이후로 타율이 2할대 중반에 머무르고 있었다.

"에이든에게 맡기도록 합시다."

모렐 허샤이저 감독이 결단을 내렸다. 설사 에이든 곤잘레스가 시프트에 걸리더라도 팀의 4번 타자를 믿어볼 생각이었다.

그 믿음이 크리스 우드 3루 코치를 통해 에이든 곤잘레스에게 전해졌다.

"좋아, 그렇게 나와야지."

에이든 곤잘레스가 씩 웃었다. 감독이 득점 기회에서 선수를 믿고 맡기겠다는데 싫어할 선수는 아무도 없었다.

에이든 곤잘레스는 스트라이크존을 최대한 좁게 설정했다. 좋은 공이 들어왔을 때 때려내는 게 최선이지만 만약에 콜린 레이스가 어렵게 승부를 걸어온다면 최대한 공을 걸러볼 생각이었다.

결과적으로 에이든 곤잘레스는 모렐 허샤이저 감독의 믿음에 부응했다.

“볼!”

풀카운트 접전까지 끌고 간 뒤에 사사구를 얻어낸 것이다.

—아…… 콜린 레이스, 경기를 어렵게 만들고 있습니다.

—몸 쪽으로 과감히 붙여 넣었어야 했는데 계속해서 바깥쪽만 고집한 게 사사구로 이어졌습니다.

—오늘따라 유독 공이 높은데요.

—맞지 않겠다는 생각이 강한 것 같습니다. 어깨에 지나치게 힘이 들어가고 있습니다.

—이제 지난해 다저스의 홈런 1위인 작 피터슨을 상대해야 하는데요.

—작 피터슨, 이틀 전에도 승부를 결정짓는 투런 홈런을 때려낸 적이 있는데요. 1사 만루의 기회를 어떻게 살릴지 지켜보겠습니다.

중계진의 기대 속에 5번 타자 작 피터슨이 타석에 들어섰다. 그러자 파드리스의 데런 바셀리 투수 코치가 마운드로 올라갔다.

"콜린, 괜찮은 거야?"

"아무렇지도 않아요."

"지금 투구 수가 몇 개인 줄은 알고 있는 거지?"

"15개쯤 되지 않았나요?"

"후우……. 벌써 19개야. 이대로 가다간 이번 이닝에 30개를 넘기게 생겼다고."

"알았어요. 최대한 집중해서 던질게요."

"그래, 한두 점 내줘도 좋으니까 부담 갖지 말고 편하게 던지라고."

데런 바셀리 코치는 콜린 레이스에게 욕심 부리지 말라고 말했다. 괜히 한 점도 내주지 않으려 들다가 큰 걸 얻어맞게 된다며 타자들을 믿고 아웃 카운트를 늘리는 데 신경 쓰라고 다독였다.

하지만 정작 콜린 레이스는 데런 바셀리 코치의 조언이 조금도 귀에 들어오지 않았다.

여기서 점수를 내주면 3연패 분위기로 몰린다.

그렇게 되면 패배에 익숙한 타자들은 원정 경기라는 핑계로 오늘 경기도 포기해 버릴 것이다.

'어떻게든 내 손으로 막아내야 해.'

콜린 레이스가 로진백을 힘껏 움켜쥐었다. 작 피터슨이 까다로운 타자인 건 사실이지만 상대 전적은 그리 나쁘지 않았다.

2015년 3타수 1안타.

2016년 4타수 1안타 1사사구.

2017년 8타수 2안타.

통산 성적으로 따지면 15타수 4안타. 피안타율은 0.267에 불과했다.

무엇보다 작 피터슨에게는 장타를 맞은 기억이 없었다. 2016년 2루타를 얻어맞은 걸 빼곤 전부 단타에 그쳤다.

'땅볼로 유도해 내면 이닝을 끝마칠 수 있어.'

콜린 레이스가 이내 투구판을 밟았다. 크리스티안 베탄코스가 초구를 바깥쪽 포심 패스트볼로 요구했지만 고개를 저었다. 그리고 몸 쪽 커터 사인에 단단히 고개를 끄덕인 뒤 힘차게 투구판을 박차고 나갔다.

후앗!

콜린 레이스의 손끝을 빠져나간 공이 거의 한복판으로 날아들었다.

자연스럽게 작 피터슨이 허리를 움직였다. 이대로 공이 곧장 날아든다면 장타로 이어질 코스였다.

'걸렸다!'

작 피터슨이 반응하자 콜린 레이스가 한껏 입가를 찢어 올렸다. 타이밍상 포심 패스트볼을 노린 것 같은데 구종은 커터였다. 생각했던 것만큼 작 피터슨의 몸 쪽으로 꺾여 들어간다면 1, 2루 방면의 땅볼이 나올 가능성이 높았다.

그런데.

"……!"

꺾여야 할 공이 그대로 풀려 홈 플레이트로 날아들었다. 커터랍시고 던진 공이 밋밋한 포심 패스트볼로 둔갑해 버린 것이다.

그 공을 작 피터슨이 놓칠 리 없었다.

따악!

방망이 중심에 걸린 타구가 센터 방면으로 쭉쭉 뻗어 나갔다.

중견수 트레비스 얀키우스키가 끝까지 타구를 쫓아봤지만 잡을 수 없다는 걸 알아채고는 이내 고개를 흔들어버렸다.

27장
3선발(2)

―홈런! 홈런입니다! 작 피터슨이 중요한 순간에 그랜드슬램을 만들어냅니다!

―작 피터슨! 파드리스와의 3연전에서 벌써 두 번째 홈런포를 쏘아냈습니다. 분위기로 봐서는 오늘 경기 결승타가 될 가능성이 높아 보이는데요.

―그렇게 되면 개막전에 이어 두 번째 결승타가 되는데요. 작 피터슨, 이러다 정말로 올 시즌 40홈런을 넘어서게 될지도 모르겠습니다.

―하하. 지금까지의 페이스만 놓고 보자면 40개 아니라 60개도 문제없어 보입니다.

다저스 팬들의 뜨거운 환호를 받으며 작 피터슨이 천천히 그라운드를 돌았다. 그리고 홈 플레이트에 두 발을 쿵 하고 찍었다.

그와 동시에 전광판의 스코어가 0 대 0에서 0 대 4로 바뀌었다.

"잭! 잘했어!"

박건호는 가장 먼저 더그아웃 입구로 달려가 작 피터슨을 맞이했다.

그러자 작 피터슨이 씩 웃더니 박건호와 주먹을 맞부딪치며 말했다.

"건! 코리안 치킨 스프. 또 사주는 거지?"

"……?"

"그 스프 덕분이야. 요즘 힘이 솟아난다고."

"헐……."

갑작스런 작 피터슨의 고백에 박건호는 할 말을 잃었다.

작 피터슨이 조르고 졸라 개막 직전에 마지못해 사준 그 밋밋했던 삼계탕이 또다시 마법의 음식이 될 줄은 몰랐던 것이다.

"잭, 네가 홈런을 친 건 스프 덕분이 아냐."

"그럼?"

"네가 잘 때린 거지. 스프 먹었다고 없던 능력이 생기진 않는다고."

박건호가 제법 진지한 얼굴로 말했다.

여기서 끊지 못한다면 선수들마다 자신을 붙들고 삼계탕을 사달라고 노래를 부를 것 같았다.

하지만 작 피터슨은 박건호의 말을 또다시 오해해 버렸다.

"건! 난 네가 날 그렇게 높이 평가하고 있는 줄 몰랐어."

"아니, 그게 아니라……."

"고마워, 건. 코일이 널 좋은 친구라고 말 하는 이유를 이제야 알 것 같아."

작 피터슨이 박건호를 꼭 끌어안았다. 박건호가 그런 뜻으로 한 말이 아니라고 변명하려 했지만 작 피터슨은 들으려 하지도 않았다.

"건! 앞으로는 나만 믿어. 네가 등판하는 날마다 안타를 때리겠어!"

"잭, 그건 고마운 말이지만……."

"그러니까 다음번에도 코리안 치킨 스프를 부탁해. 알았지?"

"하아……. 그래, 사줄게. 맘껏 먹어라."

"역시 건이야!"

박건호에게서 원하는 대답을 얻어낸 뒤에야 작 피터슨이 땀 냄새 나는 몸을 떼어냈다.

그러자 이번에는 코일 시거가 서운함이 가득한 얼굴로 다가왔다.

"뭐야, 건! 사커탄은 나만 사주기로 했잖아."

"사커탄이 아니라 삼계탕. 그리고 내 가게도 아닌데 먹고 싶다는 걸 어떻게 말리냐."

"홈런 친 선수만 편애한다 이거지?"

"거참, 아니라니까. 억울하면 너도 홈런 치든가!"

"흥! 두고 봐, 건!"

코일 시거가 씩씩거리며 저만치 떨어져 앉았다.

"아이고, 머리야."

박건호는 고개를 절레절레 흔들어 댔다.

그깟 삼계탕이 뭐라고 저리들 유난을 떠는지 솔직히 이해가 가질 않았다.

그러는 동안 다저스의 1회 말 공격이 끝이 났다.

6번 타자 조시 메딕은 유격수 땅볼로 아웃됐다. 원 스트라이크 투 볼까지 잘 끌고 갔지만 콜린 레이스의 커터에 헛심을 쓰고 말았다.

7번 타자 엔리 에르난데스는 좌익수 플라이로 물러났다. 잘 맞은 타구가 좌익수 알렉스 디커슨의 정면으로 날아가면서 안타로 이어지지 못했다.

"하필이면 내 앞에서 끊길 게 뭐야."

방망이를 들고 대기 타석에 서 있던 오스틴 번이 황급히 더그아웃으로 돌아와 포수 장비를 챙겼다.

박건호는 먼저 마운드에 올라 불펜 포수 조나단과 연습 투구를 주고받았다.

오스틴 번만큼이나 불펜에서 호흡을 맞춰와서일까.

조나단은 작년보다 더 까다로워진 박건호의 공을 무리 없이 받아냈다.

"자, 건. 이번 이닝도 깔끔하게 막아보자고."

오스틴 번이 미트를 힘껏 두드렸다.

박건호도 손에 묻은 로진 가루를 불어내며 타자를 기다렸다.

2회 초 파드리스의 선두 타자는 4번 타자 윌 마이스.

파드리스 타자들 중 유일하게 박건호의 천적 소리를 듣는 선수였다.

"저 녀석, 오늘 포심이 좋은데?"

타석에 들어선 윌 마이스가 들으라는 듯이 중얼거렸다.

지난해 11승을 거두며 신인상을 수상한 투수가 마운드 위에 동료들을 차례로 아웃시켰으나 윌 마이스의 얼굴에는 느긋함이 걸려 있었다.

2013년도 아메리칸 리그에서 신인왕을 수상한 선배라는 이유로 박건호를 한 수 아래 정도로 보는 듯했다.

"포심만 좋을까? 투심도 좋고 커브도 좋다고."

오스틴 번이 코웃음을 쳤다.

팀이 4 대 0으로 지고 있는데 4번 타자가 팔자 좋게 트래쉬 토크라니. 여유를 부려도 너무 부리고 있었다.

"가능하면 포심은 빼줘. 너무 빨라서 못 칠 거 같으니까."

윌 마이스가 방망이를 들어 올리며 웃었다.

"그러지."

오스틴 번이 보란 듯이 몸 쪽 포심 패스트볼 사인을 냈다.

트래쉬 토크는 말 그대로 트래쉬 토크일 뿐이었다. 괜히 깊이 생각했다간 타자에게 휘둘릴 가능성이 높았다.

'본래 계획대로 가자, 건. 빠른 공으로 기를 꺾어버리라고.'

오스틴 번이 단단히 미트를 들어 올렸다.

그 순간.

쵸라라락!

박건호가 투구판을 박차고 나섰다.

후앗!

박건호의 손끝을 빠져나간 공이 낮게 깔린 채로 윌 마이스의 몸 쪽을 파고들었다.

'쳇! 정말 포심이라니.'

윌 마이스는 미간을 찌푸리며 타격을 포기했다. 만약 볼카운트가 투 스트라이크로 몰렸다면 어떻게든 걷어냈겠지만 초구부터 쓸데없이 힘을 뺄 필요는 없었다.

게다가 미트에 파묻힌 공은 순식간에 홈 플레이트를 지나가 버렸다.

'안 친 게 아니라 못 친 거겠지.'

오스틴 번이 씩 웃었다.

―건! 또다시 98mile/h(≒157.7㎞/h)의 빠른 공으로 스트라이크를 잡아냅니다.

―윌 마이스의 몸 쪽에 꽉 찬 코스인데요. 저건 노린다 해도 그라운드 안으로 집어넣기 어려울 것 같습니다.

중계진도 박건호가 힘으로 천적의 기를 꺾었다며 목소리를 높였다.

'일단 하나 잡았고.'

박건호는 서두르지 않았다. 첫 단추를 잘 꿰었으니 침착하게 준비한 대로 윌 마이스를 요리할 생각이었다.

'좋아, 건. 다음 공은 이걸로 하자.'

오스틴 번이 분주하게 손가락을 움직였다.

첫 번째 수신호는 손가락 두 개.

두 번째 수신호도 손가락 두 개.

세 번째 수신호는 새끼손가락.

바깥쪽으로 멀리 날아들다가 백도어성으로 홈 플레이트를 파고드는 커브였다.

박건호는 가볍게 고개를 끄덕였다. 그리고 오스틴 번의 미트를 향해 빠르게 공을 내던졌다.

후앗!

박건호의 손끝을 빠져나간 공이 큰 포물선을 그리며 날아들었다.

순간 윌 마이스가 반사적으로 어깨를 움찔거렸다. 그러나 방망이를 내미는 대신 눈을 부릅뜨고 공을 지켜보는 쪽을 선택했다.

'빠져라! 빠져라!'

바깥쪽 포심 패스트볼을 노리고 있었던 윌 마이스에게 바깥쪽으로 들어오는 느린 커브는 가장 만나고 싶지 않은 공이었다.

그렇다고 무턱대고 휘둘러 볼카운트를 낭비할 수는 없는 노릇.

윌 마이스는 그대로 공이 스트라이크존을 빠져나가길 간절히 바랐다.

하지만 마지막 순간에 살짝 방향을 튼 공은 구심의 스트라이크존 바깥쪽에 걸치듯 들어왔다.

"스트라이크!"

잠시 멈칫했던 구심이 오른팔을 들어 올렸다.

"젠장할."

윌 마이스의 입에서 욕지거리가 터져 나왔다.

—건, 윌 마이스에게 두 번째 스트라이크를 빼앗아 냅니다.

—건의 장기인 바깥쪽 커브죠. 빠른 공에 초점을 맞추다 보면 저 공에 방망이를 내밀기가 쉽지 않습니다.

—우타자들이 가장 싫어하는, 백도어성으로 흐르는 커브인데요.

—본래 건의 커브는 행잉성 커브였죠. 그런데 커브의 달인 샌드 쿠펙스의 지도를 받고 지금의 커브로 바뀌었습니다.

—어쨌거나 건, 천적을 상대로 유리한 볼카운트를 선점합니다.

—아직 승부가 끝난 건 아니지만 궁지에 몰린 윌 마이스에겐 별다른 기회가 없을 듯합니다.

—윌 마이스, 다시 타석에 들어섭니다. 투 스트라이크 노 볼 상황에서 과연 어떤 공을 노리고 있을까요?

—글쎄요. 아무래도 빠른 공에 초점을 맞춘 것 같은데 건과 오스틴 번이 어떤 승부를 펼칠지는 지켜봐야겠습니다.

박건호가 투구판을 밟자 중계진은 마치 오늘 경기의 승부처가 찾아오기라도 한 것처럼 목소리를 낮췄다.

잠시 엉덩이를 들썩거리던 오스틴 번이 조심스럽게 미트를 움직였다.

그와 동시에 박건호가 빠르게 투구판을 박차고 앞으로 나갔다.

후읏!

박건호의 손끝을 빠져나간 공이 곧장 윌 마이스의 몸 쪽으로 날아들었다.

'하이 패스트볼!'

공의 정체를 알아챈 윌 마이스가 곧장 방망이를 휘돌렸다. 노리는 공은 아니었지만 이 공을 이대로 보내는 건 자존심이 허락하질 않았다.

그러나 마지막 순간에 뻗어 오른 공은 윌 마이스의 방망이 윗부분을 지나 그대로 오스틴 번의 미트 속에 파묻혔다.

"스트라이크, 아웃!"

구심이 요란스럽게 오른팔을 휘돌렸다.

동시에 다저스 스타디움 곳곳에서 함성이 터져 나왔다.

"젠장할!"

윌 마이스는 아쉬움을 감추지 못했다.

분명 잡을 수 있었는데.

안타는 어렵더라도 충분히 걷어낼 수 있는 공이었는데.

단 몇 개월 사이에 박건호의 포심 패스트볼은 더욱 빨라져 있었다.

그건 단순히 윌 마이스만의 착각이 아니었다.

–와우! 전광판을 보십시오. 100mile/h(≒160.9㎞/h)입니다!

–건! 윌 마이스를 잡아내기 위해 무려 100mile/h의 강속구를 내던졌습니다!

중계진에 이어 관중들도 흥분을 감추지 못했다.

99mile/h도 아니고 100mile/h이었다. 지난해 최고 구속이 98mile/h(≒157.7㎞/h)에 불과했던 박건호가 고작 몇 개월 만에 최고 구속을 2mile/h이나 끌어올려 버렸다.

박건호가 이제 열아홉 살이라는 걸 감안하면 구속은 더욱 빨라질 터.

어쩌면 다저스 역사상 가장 빠른 공을 던지는 좌완 투수를 맞이하게 될지 몰랐다.

"건! 건! 건! 건!"

"건! 건! 건! 건!"

다저스 팬들이 한목소리로 박건호를 외쳤다.

그 소리가 어찌나 크고 요란스럽던지 타석에 들어섰던 5번 타자 라이언 심플이 다시 타석 밖으로 발을 빼버릴 정도였다.

"미치겠군."

경기를 지켜보던 에디 그린 감독은 고개를 흔들어 댔다.

파드리스에 강한 젊고 재능 넘치는 투수가 100mile/h을 던지기 시작했다.

이대로 박건호가 무럭무럭 성장할 경우 파드리스는 슬레이튼 커쇼의 은퇴 전까지 포스트 시즌을 내다보기 어렵게 될지도 몰랐다.

"하아. 저 녀석, 대체 뭐지?"

1회에 만루 홈런을 얻어맞고 기운이 빠져 있었던 콜린 레이스는 완전히 전의를 상실해 버렸다.

이제 2년 차에 접어든 투수가 시즌 첫 경기에서 100mile/h의 강속구를 던져 4번 타자를 3구 삼진으로 잡아내다니.

이건 아무나 할 수 있는 게 아니었다.

"괜찮아, 콜린! 아직 끝나지 않았어."

"걱정 마. 내가 다음 타석 때는 꼭 안타를 때려낼 테니까."

파드리스 선수들이 앞다투어 콜린 레이스를 달래봤지만 소용없었다. 그런 입바른 말로는 콜린 레이스의 상실감이 채워질 리 없었다.

'오늘 경기는 틀렸어.'

콜린 레이스는 일찌감치 경기를 포기했다. 4 대 0이란 점수 차이도 컸지만 저 괴물 같은 신인을 상대로 이길 자신이 눈곱만큼도 들지 않았다.

박건호의 기세에 눌린 건 콜린 레이스만이 아니었다.

"스트라이크, 아웃!"

"스트라이크, 아웃!"

5번 타자 라이언 심플에 이어 6번 타자 자바라 블랙까지 박건호의 포심 패스트볼에 헛스윙만 하고 물러났다.

—건! 1회에 이어 2회에도 모든 타자를 삼진으로 돌려세웁니다!

—6타자 연속 탈삼진인데요. 정말 대단합니다. 모렐 허샤이저 감독이 건을 3선발로 올린 이유를 이제 확실히 알 것 같습니다.

ESPM 중계진은 흥분을 감추지 않았다.

오늘 경기를 중계하기 전까지만 해도 별다른 흥밋거리가 없어서 걱정했는데 경기 초반부터 박건호가 눈부신 피칭을 선보이고 있으니 그저 고맙기만 했다.

마운드에서 내려온 박건호는 서둘러 타석에 들어설 준비를 했다. 1회 말이 7번 타순에서 끝이 나면서 8번 타자 오스틴 번부터 공격이 시작됐다.

"오스틴! 한 방 날리라고!"

"건, 너는 번트 댈 준비나 해."

"뭐야. 고작 안타를 때릴 생각이야?"

"그럼 뭐? 설마 나한테까지 홈런을 기대하는 건 아니지?"

오스틴 번이 씩 웃으며 타석에 들어섰다.

포수 크리스티안 베탄코스는 오스틴 번을 반기듯 가볍게 미트를 두드렸다.

'콜린, 이제 하위 타선이야. 투 아웃까지는 편하게 잡고 가자고.'

크리스티안 베탄코스는 초구에 몸 쪽 포심 패스트볼을 요구했다. 최고 구속 95mile/h(≒152.9㎞/h)까지 나오는 콜린 레이스의 포심 패스트볼이라면 오스틴 번을 힘으로 누를 수 있다고 여겼다.

콜린 레이스는 무표정한 얼굴로 고개를 끄덕거렸다. 그리고 크리스티안 베탄코스의 미트를 향해 힘껏 공을 내던졌다.

후앗!

콜린 레이스의 손을 빠져나간 공이 미끄러지듯 오스틴 번의 몸 쪽을 파고들었다.

그 순간.

'어딜!'

오스틴 번이 기다렸다는 듯이 방망이를 내돌렸다.

따악!

방망이 안쪽에 걸린 타구가 3유간으로 흘렀다.

3루수 얀게르비스 솔라테가 재빨리 몸을 날렸지만 공은 글러브 끝을 스친 뒤 그대로 빠져나가 버렸다.

그 과정에서 행운이 따랐다.

굴절된 타구가 2루 베이스 방향으로 진로를 바꿔 버린 것이다.

"제길!"

뒤늦게 유격수 루이스 사다스가 공을 잡았을 때는 이미 오스틴 번이 1루 베이스를 밟고 지나간 뒤였다.

"크아아!"

오스틴 번은 홈런이라도 친 것처럼 좋아했다.

"짜식, 호들갑은."

박건호도 제 일처럼 입가에 미소를 그렸다.

"모렐, 번트 사인을 내는 게 좋을 것 같습니다."

박건호를 앞에 두고 오스틴 번이 출루하자 밥 그린 벤치 코치가 작전을 건했다.

"그렇게 합시다."

모렐 허샤이저 감독도 고개를 끄덕였다.

4 대 0으로 앞서가고 있긴 하지만 아직 경기 초반이었다. 경기 흐름이 어떻게 바뀔지는 그 누구도 장담하기 어려웠다.

모렐 허샤이저 감독을 대신해 밥 그린 코치가 작전을 냈다. 그 사인이 크리스 우드 3루 코치를 통해 박건호에게 전달됐다.

"레이스, 내가 원해서 번트를 대는 게 아니라고. 그러니까 살살하자."

박건호는 시작부터 번트 자세를 취했다. 아웃 카운트가 아쉬운 콜린 레이스라면 굳이 무리해서 번트를 막아내려 하지 않을 것 같았다.

아니나 다를까.

후앗!

콜린 레이스는 박건호의 몸 쪽으로 빠르게 포심 패스트볼을 붙였다. 번트를 허락하되 타구를 투수 정면이나 3루수 정면으로 흐르게 만들어 오스틴 번을 잡아낼 작정이었다.

하지만 박건호도 타격 훈련을 쉬엄쉬엄한 건 아니었다.

딱!

날아드는 공을 끝까지 지켜본 뒤 박건호가 정확하게 방망이를 가져다 댔다. 그러면서 타구에 살짝 숨을 죽였다.

타구 방향이 투수 정면으로 향했지만 느리게 굴러간 탓에 콜린 레이스가 공을 잡았을 때는 이미 오스틴 번이 2루에 거의 다 들어간 상태였다.

"쳇."

콜린 레이스는 2루를 포기하고 1루로 공을 던졌다.

"아웃!"

1루심의 사인을 확인한 박건호는 그대로 방향을 틀어 3루 측 더그아웃으로 향했다.

그 과정에서 박건호는 마운드에 선 콜린 레이스와 잠시 눈이 마주쳤다.

딱히 할 말이 없었던 박건호는 그저 가볍게 웃어 보였다.

그러나 그 모습이 콜린 레이스에게는 승자가 부리는 여유와 배짱으로 느껴졌다.

마음이 싱숭생숭해진 콜린 레이스는 1번 타자 앤드 토레스에게 또다시 사사구를 내줬다. 풀카운트 상황에서 승부구로 던진 투심 패스트볼과 커터가 연속해서 커트당하면서 스스로 무너지고 말았다.

"콜린! 정신 차려! 이러다 강판당할지도 모른다고!"

크리스티안 베탄코스가 마운드에 올라와 콜린 레이스를 독려했다.

1회 4실점하긴 했지만 아직 만회할 기회는 충분했다. 5이닝 4실점, 혹은 6이닝 4실점 정도면 크게 부진한 느낌은 아니었다.

그러나 이대로 2회도 채우지 못하고 강판당한다면 날선 언론들이 가만있지 않을 터였다.

"알았어."

콜린 레이스가 마지못해 고개를 끄덕였다. 그 역시도 시즌 첫 선발 경기를 이대로 끝내고 싶진 않았다.

어렵사리 마음을 다잡은 콜린 레이스는 2번 타자 저스트 터너를 좌익수 플라이로 유도해 두 번째 아웃 카운트를 잡아냈다.

하지만 3번 타자 코일 시거에게 홈런을 허용하며 고개를 떨어뜨렸다. 원 스트라이크 원 볼과 투 스트라이크 투 볼에서 던진 두 개의 커터가 전부 볼 판정을 받은 게 최악의 결과로 이어졌다.

"콜린, 고생했어."

점수가 7 대 0까지 벌어지자 에디 그린 감독은 투수 교체를 지시했다.

이미 뒤집기는 어려운 상태였지만 그렇다고 콜린 레이스가 바닥을 치는 모습을 지켜볼 수는 없는 노릇이었다.

콜린 레이스를 대신해 라이언 부츠가 마운드에 올랐다.

라이언 부츠는 4번 타자 에이든 곤잘레스를 유격수 땅볼로 돌려세운 뒤 마지막 아웃 카운트를 잡아내고 이닝을 끝마쳤다.

3

박건호의 삼진 쇼는 3회에도 계속됐다.

7번 타자 루이스 사다스가 하필 초구를 건드려 유격수 땅볼로 물러나면서 연속 타자 삼진 기록은 깨졌지만 박건호는 흔들리지 않았다.

오히려 8번 타자 크리스티안 베탄코스와 9번 타자 대타 브렛 윌리스를 삼진으로 돌려세우며 다저스 스타디움을 뜨겁게 달궈놓았다.

—건! 3회까지 무려 8개의 탈삼진을 잡아냅니다.

—건이 작년에 파드리스전에 강하긴 했지만 이 정도는 아니었는데요. 아마 오늘 이후로 파드리스 타자들은 총만 봐도 두려움에 치를 떨 것 같습니다.

—지금의 삼진 페이스가 유지된다면 한 경기 최다 탈삼진 기록도 도전해 볼 만할 것 같은데요.

—하하. 물론 이대로 건이 완투를 한다면 24개의 탈삼진을 잡아내게 될 테니 톰 제니가 세운 21개의 기록을 넘어서게 됩니다.

—참고로 9이닝으로 한정지었을 때 한 경기 최다 탈삼진은 20개죠.

—하지만 건이 오늘 경기에서 이 기록을 깨기란 쉽지 않을 것 같습니다. 일단 모렐 허샤이저 감독이 건을 9회까지 마운드에 올려놓을 생각이 없을 테니까요.

—건은 메이저리그 2년 차 투수입니다. 나이는 이제 고작 열아홉에 불과하죠. 알렉스 인터폴리스 부사장은 건과 같이 젊은 투수들에게는 내부적으로 이닝 제한을 두고 있다고 말했는데요.

—대략 180이닝 정도겠죠. 아마 시즌 중간 중간에 휴식일도 보장할 테고요.

—그렇게 봤을 때 오늘 경기는 7이닝 정도가 적당하지 않을까 싶습니다.

ESPM 중계진은 박건호의 탈삼진 능력에 감탄하면서도 한 경기 최다 탈삼진 기록 도전은 불가능하다고 선을 그었다. 7 대 0으로 앞서가는 경기에서 다저스가 박건호를 무리하게 끌고 갈 이유는 없다고 단언했다.

중계진의 예상대로 모렐 허샤이저 감독은 발 빠르게 투수 교체를 준비했다.

다행히 불펜진은 여유로웠다. 1차전에서 슬레이튼 커쇼가 완투를 한 덕분에 아직 시즌 첫 등판조차 하지 못한 불펜 투수들이 남아 있었다.

"일단 7회부터 불펜진을 가동하는 게 좋겠습니다."

"7회는 너무 이르지 않을까요? 건의 투구 수가 이제 겨우 33개인데요."

"건의 체력이 좋긴 하지만 시즌 후반이 되면 어떻게 될지 모릅니다."

"하기야 훌리오 유레아스가 시즌 막판에 그렇게 무너질 줄은 예상 못 했죠."

"올 시즌 건의 목표는 한 시즌을 무사히 치르는 겁니다. 그럴 수 있도록 건의 이닝을 철저하게 관리할 생각입니다."

"모렐의 뜻이 그렇다면 알겠습니다. 7회부터 불펜으로 넘어갈 수 있도록 준비시키겠습니다."

박건호는 4회에 첫 안타를 허용했다.

선두 타자 트레비스 얀키우스키를 투 스트라이크로 몰아붙인 뒤 결정구로 투심 패스트볼을 던졌다가 공이 가운데로 몰려 버린 것이다.

트레비스 얀키우스키는 실투를 놓치지 않고 밀어쳐 1루를 밟았다.

하지만 후속 타자들이 진루타조차 때려내지 못하면서 2루를 밟는 데는 실패했다.

2번 타자 얀게르비스 솔라테는 박건호의 커터를 건드렸다가 중견수 플라이로 물러났다.

3번 타자 알렉스 디커슨은 커브에 방망이를 내밀어 3루수 파울 플라이아웃.

4번 타자 윌 마이스는 3구 삼진.

"젠장할!"

천적 관계를 완전히 끊으려는 듯 또다시 100mile/h(≒160.9㎞/h)짜리 포심 패스트볼을 내던지는 박건호의 기세에 눌려 윌 마이스는 이번에도 헛방망이질만 하고 말았다.

–건! 윌 마이스를 두 타석 연속 3구 삼진으로 잡아냅니다!

–이번에도 전광판에 100mile/h이 찍혔는데요.

–재미있는 건 저 100mile/h짜리 공이 윌 마이스 타석에서만 나오고 있다는 점입니다.

–앞서 지난 시즌 윌 마이스가 건에게 강했다고 말씀드렸는데요. 어쩌면 건이 그 이야기를 들은 건지도 모르겠습니다.

4회에 이어 5회에도 박건호는 안타를 허용했다.

5번 타자 라이언 심플을 풀카운트 접전 끝에 삼진으로 돌려세운 뒤 6번 타자 자바라 블랙에게 안이한 초구를 던졌다가 좌익선상을 가르는 2루타를 내주고 만 것이다.

1사 주자 2루. 오늘 경기 처음으로 맞는 실점 위기 상황에서 박건호는 또다시 100mile/h의 빠른 포심 패스트볼을 꺼냈다.

그리고 7번 타자 루이스 사다스와 8번 타자 크리스티안 베탄코스를 각각 2루수 땅볼과 유격수 땅볼로 유도한 뒤 당당히 마운드를 내려왔다.

그러자 밥 그린 벤치 코치가 다시 모렐 허샤이저 감독을 바라봤다.

"모렐, 건에게 7회를 맡겨도 괜찮을 것 같은데요."

5회까지 박건호의 투구 수는 59구.

피안타 2개를 허용하는 동안 삼진을 무려 10개나 잡아냈다.

4회와 5회 삼진 페이스가 뚝 떨어지며 삼진 관련 대기록 달성은 어려워졌지만 적어도 개인 최다 탈삼진 기록(2017.09.22. 자이언츠전 홈경기, 10개)은 충분히 달성할 수 있을 것 같았다.

"투구 수는 충분히 여유롭습니다. 게다가 아직 구속도 떨어지지 않았으니 한 이닝 더 맡겨도 괜찮을 것 같습니다."

릭 허니컴 투수 코치도 한마디 거들었다. 박건호의 시즌 완주를 위해 체력 관리를 해야 한다는 모렐 허샤이저 감독의 의견은 백번 공감하지만 오늘처럼 잘 던진 경기를 6회에서 마무리 짓게 하는 건 여러모로 아쉬움이 남을 것 같았다.

"일단 6회를 지켜봅시다."

잠시 고심하던 모렐 허샤이저 감독도 한발 물러섰다.

투구 수와는 별개로 6회에 박건호를 내리는 게 최선이라는 판단은 여전했지만 오늘 같은 경기력이라면 7회 이상을 맡기는 것도 박건호의 성장에 도움이 될 것이라는 생각이 들었다.

4

5회 말.

에디 그린 감독은 라이언 부츠에 이어 브랜드 핸드를 마운드에 올렸다.

선두 타자는 4번 타자 에이든 곤잘레스.

다저스의 클린업 트리오 중 유일하게 홈런을 기록하지 못하고 있었다.

그래서일까.

에이든 곤잘레스의 스윙이 평소보다 커졌다.

초구, 바깥쪽 도망가는 포심 패스트볼에 헛스윙.

2구, 바깥쪽 체인지업에 헛스윙.

볼카운트가 투 스트라이크 노 볼이 되자 에이든 곤잘레스를 어렵게 승부하려던 브랜드 핸드의 눈빛이 달라졌다.

브랜드 핸드는 3구째 몸 쪽 포심 패스트볼을 찔러 넣어 파울을 유도한 뒤 4구째 도망치는 슬라이더를 던져 에이든 곤잘레스를 삼진으로 잡아냈다.

그 기세를 몰아 브랜드 핸드는 5번 타자 작 피터슨까지 중견수 플라이로 유도해 냈다. 6번 타자 조시 메딕에게 빗맞은 안타를 허용하며 잠시 주춤했지만 7번 타자 엔리 에르난데스를 또다시 삼진으로 돌려세우며 이닝을 끝마쳤다.

—브랜드 핸드, 위력적인 투구로 다저스 타선을 잠재웁니다.

—아쉽네요. 이 투구가 2회 때 나왔다면 어땠을까 하는 생각이 듭니다.

중계진은 위력적인 투구를 보여준 브랜드 핸드를 크게 칭찬했다. 어쩌면 브랜드 핸드의 호투가 일방적인 경기 분위기를 다시 팽팽하게 만들어 놓을지도 모른다며 긴장감을 높였다.

"좋아. 이제 분위기를 좀 바꾸자고."

6회 초. 9번 타순부터 공격이 시작되자 에디 그린 감독은 곧바로 대타 카드를 썼다.

"그러니까 투수를 바꾸자고요?"

"대타를 쓰려면 어쩔 수 없잖아."

"하지만 에디, 브랜드 핸드의 분위기가 좋습니다. 한 이닝 정도는 더 끌고 갈 수 있어요."

데런 바셀리 투수 코치는 대타를 내보내기 위해 잘 던지던 브랜드 핸드를 강판시킨다는 사실이 이해가 가지 않았다.

한두 점 차라면 몰라도 7 대 0이었다.

경기는 중반을 지나 후반으로 접어들고 있었다.

박건호가 체력적인 한계라도 내비쳤다면 모르겠지만 마운드 위에서 여전히 여유로워 보였다.

5회까지 박건호의 투구 수는 고작 59구. 이닝당 12구 정도밖에 되지 않았다.

이 페이스대로라면 한계 투구 수로 추정되는 100구에 도달하는 시점은 빨라야 8회였다. 이제 2년 차 투수를 크게 이기고 있는 상황에서 8회까지 끌고 가진 않을 테니 지친 박건호를 두드릴 수 있는 기회는 없다고 봐야 했다.

그렇다면 추가 실점 없이 최대한 깔끔하게 경기를 끝마치는 게 최선이었다. 괜히 대타를 쓴답시고 불펜을 헤집어 놓는 건 바람직하지 않았다.

하지만 에디 그린 감독은 뜻을 꺾지 않았다.

"브랜드 핸드 대신 아담 로살레를 내보내도록 해. 아담 로살레라면 분명 기회를 만들어줄 테니까."

에디 그린 감독이 단호한 목소리로 말했다.

비록 나이 때문에 주전 경쟁에서 밀리긴 했지만 아담 로살레는 파드리스의 몇 안 되는 확실한 대타 자원이었다. 게다가 지난 시즌 박건호에게도 강한 면모를 보여주었다.

아담 로살레가 살아 나간다면 다시 1번 타순으로 이어진다. 트레비스 얀키우스키와 얀게르비스 솔라테. 두 명의 테이블세터 중 한 명만 더 출루하면 곧바로 중심 타선에서 점수를 만회할 수 있었다.

"좋은 판단입니다, 에디."

막스 맥과이어 벤치 코치도 고개를 주억거렸다.

박건호를 무너뜨리겠다며 호언장담을 했다가 2안타 빈공에 몰린 상황에서 막스 맥과이어 코치가 할 수 있는 건 에디 그린 감독의 뜻에 적극적으로 동조하는 것뿐이었다.

—아, 파드리스. 또다시 대타 카드를 꺼냅니다.

—브랜드 핸드의 컨디션이 좋아 보였는데요.

—에디 그린 감독, 타순이 상위 타선으로 연결되는 만큼 이번 이닝에서 반격에 나서려는 것 같습니다.

—하지만 벌써 6회인데요. 승부를 걸기에는 너무 늦은 시점이 아닌가 싶습니다.

중계진도 갑작스러운 대타 작전에 고개를 갸웃거렸다.

메이저리그 각 구단의 25인 로스터 중 투수의 몫은 보통 12명 정도. 그중 선발 5명을 빼면 불펜 투수는 7명밖에 남지 않는다.

그중 마무리 투수는 활용도가 제한적이니 매 경기 투입이 가능한 불펜 자원은 최대 6명. 이 6명을 잘 관리해서 162경기라는 장기 레이스를 대비해야 하는 게 메이저리그 각 구단의 숙제였다.

지난해 메이저리그 선발들의 평균 소화 이닝은 5.2이닝 정도에 불과했다. 나머지 3.8이닝은 전적으로 불펜들이 책임졌다.

불펜 투수들이 등판 시마다 1이닝씩을 책임진다고 가정했을 때 한 경기에 필요한 최소한의 불펜 투수는 4명 정도였다.

이대로 3연전을 치를 경우 필요한 불펜 투수는 대략 12명. 만약 마무리 투수의 등판이 없다면 6명의 불펜 투수가 전부 두 경기씩 나와 2이닝을 책임져야 했다.

실제로 1차전에서 파드리스는 4명의 불펜 투수를 동원했다. 2차전은 한명 더 많은 5명이 나왔다. 그리고 오늘 경기에서도 라이언 부츠와 브랜드 핸드를 써버렸다.

아직 다저스가 4이닝을 남겨놓고 있으니 오늘도 최소 4명 이상의 불펜 투수가 경기에 나서게 될 가능성이 높았다.

그러나 경기 흐름상 마무리 투수 브랜드 마우어는 오늘도 마운드에 오르지 못할 공산이 컸다.

결국 1차전에 나왔던, 혹은 어제 나왔던 불펜 투수가 또다시 마운드에 올라 이닝을 책임져 줘야 했다. 아직 시즌 초반이니 별문제가 없다고 생각할지 모르겠지만 불펜의 피로가 빨리 쌓여서 좋을 건 아무것도 없었다.

불펜이 지치고 무너지면 경기 후반이 어려워진다. 경기 후반이 어려워지면 타자들의 부담이 커지게 된다. 타자들이 조급해지면 정교함이 떨어진다. 그리고 결과적으로 팀 전력을 약화시키는 결과로 이어지고 만다.

파드리스는 2년 연속 지구 최하위에 처져 있었다.

이번 시즌도 시작부터 다저스에 단단히 발목을 잡힌 상황이었다.

승패야 운이 없었다 하더라도 마운드 운용은 별개였다. 질 때 지더라도 피해를 최소화해서 다음 경기에 대비하지 못한다면 올 시즌 파드리스의 포스트 시즌 진출은 또다시 어려워질 수밖에 없었다.

"그럼 그렇지. 쉽게 가나 했다."

방망이를 들고 더그아웃 앞을 서성거리던 브랜드 핸드가 교체되자 박건호도 쓴웃음을 흘렸다.

하지만 그것도 잠시. 아담 로살레의 등장에 박건호의 표정이 달라졌다.

"그렇지 않아도 갚아줄 게 있었는데 잘됐어."

박건호는 다시 한번 마운드의 흙을 골랐다. 복수의 기회가 찾아왔는데 마운드 상태가 변수로 작용하는 걸 원치 않았다.

"저 자식이."

박건호가 여유를 부리자 아담 로살레가 눈두덩을 실룩거렸다.

비록 선발 경쟁에서 밀리긴 했지만 아담 로살레는 한 방이 있는 타자였다.

2016년 생애 첫 두 자릿수 홈런(13개)을 기록한 데 이어 지난해에도 15개의 홈런포를 쏘아 올리며 힘 있는 타자라는 이미지를 만들어 가고 있었다.

"포심 패스트볼을 믿고 까부나 본데, 어디 나한테도 던져봐라. 담장 밖으로 날려 버릴 테니."

아담 로살레가 방망이를 단단히 들어 올렸다.

그 순간.

촤라라락!

박건호가 있는 힘껏 투구판을 박차며 앞으로 나왔다.

후앗!

박건호의 손끝을 빠져나간 공이 곧장 아담 로살레의 몸 쪽으로 파고들었다.

구종은 포심 패스트볼.

아담 로살레가 그토록 기다리던 공이었다.

하지만 아담 로살레는 방망이를 내밀지 않았다. 정확하게 말하자면 감히 방망이를 내밀 수가 없었다.

퍼엉 하는 묵직한 포구 소리가 울리자 아담 로살레가 반사적으로 전광판을 올려다봤다. 그곳에는 101이라는, 낯선 숫자가 선명하게 새겨져 있었다.

-건! 건! 건! 거어어언! 101mile/h(≒162.5km/h)입니다. 본인

의 최고 구속을 또 한 번 넘어섭니다!

―방금 건이 기합을 내지르는 소리가 여기까지 들렸는데요. 저 공을 던지기 위해서 전력을 다했던 것 같습니다.

―아담 로살레, 거의 얼이 빠진 얼굴인데요.

―빠른 공이 몸 쪽 꽉 차게 들어왔으니까요. 90mile/h 중반대 공도 저 코스로 들어오면 때려내기 어렵습니다. 하물며 101mile/h입니다. 그것도 좌완 투수의 공이니 체감 구속은 그보다 훨씬 빠르게 느껴질 겁니다.

―지난 시즌 아담 로살레가 건에게 깨끗한 중전 안타를 뽑아낸 적이 있다는 이야기를 했는데요. 오늘 이후로 아담 로살레는 그때 그 안타를 때려낸 걸 후회할지도 모르겠습니다.

중계진의 호들갑이 끝날 때쯤 오스틴 번이 두 번째 사인을 냈다.

첫 번째 손가락은 하나.

두 번째 손가락도 하나.

세 번째 손가락은 또다시 엄지.

또다시 포심 패스트볼을 몸 쪽에 붙이라는 소리였다.

대신 이번에는 미트의 위치를 초구보다 공 두 개 정도 낮게 설정했다.

타자의 무릎 앞쪽을 스쳐 지나는 공.

좌완 투수의 크로스 파이어 볼이 낮게 파고든다면 그 어떤 타자도 방망이를 내밀 수가 없을 터였다.

"좋아."

까다로운 주문이었지만 박건호는 고개를 끄덕였다.

이미 초구를 통해 아담 로살레의 기를 죽여 놨으니 2구의 구속이 조금 떨어진다 하더라도 쉽게 얻어맞지는 않을 거라고 여겼다.

"후우……."

투구판에 올라서며 박건호가 길게 숨을 내쉬었다.

아담 로살레가 마른침을 꿀꺽 삼켰다. 타석에 들어서기 전 건방진 루키에게 메이저리그 11년 차 베테랑의 무서움을 보여주겠다고 다짐했던 게 믿기지 않을 만큼 잔뜩 위축된 모습이었다.

'빠른 공이 올까? 아니야. 변화구. 그래, 변화구가 들어올 거야.'

아담 로살레는 머릿속에서 101mile/h의 포심 패스트볼을 지워 버렸다. 대신 바깥쪽을 파고드는 변화구만 잔뜩 떠올렸다.

슬라이더도 좋고 커브도 좋고 체인지업도 좋았다. 온몸을 짓누르고 있는 101mile/h짜리 포심 패스트볼을 완전히 떨쳐 낼 수 있는 공이 들어온다면 어떤 공이든 상관없을 것 같았다.

하지만 박건호의 손끝을 빠져나간 공은.

후앗!

또다시 한복판을 지나 몸 쪽을 파고들었다.

그러고는.

퍼엉!

묵직한 포구 소리만 남긴 채 시야 너머로 사라져 버렸다.

"크윽!"

아담 로살레의 입에서 억눌린 신음이 터져 나왔다. 공도 빨랐지만 코스가 너무나 절묘했다. 초구는 그저 2구를 위한 경고처럼 느껴질 정도였다.

"스트라이크!"

구심도 한참 만에 오른팔을 들어 올렸다. 스트라이크존 가장 밑쪽을 파고든 공이라 판정을 내리기가 쉽지 않았던 것이다.

—건! 이번에는 97mile/h(≒156.1㎞/h)짜리 포심 패스트볼입니다.

—정말이지 무시무시한 공이 들어왔습니다.

—초구에 비해 구속은 4mile/h 정도 떨어졌지만 이번 공은 정말 방망이를 내밀 엄두조차 나지 않았을 것 같습니다.

—아담 로살레, 길게 한숨을 내쉽니다. 자신이 좋아하는 몸

쪽 코스에 포심 패스트볼이 연달아 들어왔는데 전혀 대응하지 못하고 있습니다.

중계진들은 마치 내리 꽂히듯 날아든 포심 패스트볼을 몇 번이고 돌려 보며 감탄을 쏟아냈다.

구속을 떠나 좌완 투수가 우타자에게 던질 수 있는 가장 완벽한 공을 구현해 낸 듯한 착각마저 들었다.

"후우……."

아담 로살레는 더 이상 박건호를 노려보지 못했다. 노려보기는커녕 눈조차 마주치지 못했다. 101mile/h의 초구와 무릎을 파고드는 날카로운 2구를 연달아 겪고 보니 3구는 어떤 공이 들어올지 두렵기까지 했다.

'이쯤 하면 됐겠지?'

오스틴 번은 느긋하게 웃으며 3구째 바깥쪽 커브 사인을 냈다. 몸 쪽을 파고드는 포심 패스트볼에 아담 로살레도 적잖게 당황했을 테니 바깥쪽 커브에 제대로 대응하지 못할 거라 여겼다.

하지만 박건호는 단호하게 고개를 저었다. 허용한 안타는 하나에 불과했지만 상대 전적을 떠나 아담 로살레가 마음에 들지 않았다.

아담 로살레는 박건호만 만나면 집요하게 물고 늘어졌다.

통산 타율이 2할대 초반일 만큼 정확도와는 거리가 먼 타자가 유독 박건호만 만나면 3할이 넘는 교타자처럼 굴었다.

오스틴 번은 가끔 그런 이해하기 어려운 상황이 일어나기도 한다며 잊어버리라고 말했다.

하지만 박건호는 잊을 수가 없었다. 파드리스 타자들 중 몇 안 되는 짜증 나는 타자다 보니 잊으려 해도 잊히지가 않았다.

"아직 멀었어, 오스틴. 난 아직 배가 고프다고."

박건호가 투구판에서 다리를 풀며 시위에 들어갔다. 그러자 오스틴 번이 어쩔 수 없다며 박건호가 원하는 포심 패스트볼 사인을 냈다.

코스는 바깥쪽 높은 곳.

아담 로살레가 노렸든, 노리지 않았든 간에 방망이가 딸려나올 가능성이 높은 공이었다.

"좋아. 그래야지."

박건호가 단단히 고개를 끄덕였다. 그리고 크게 숨을 들이켠 뒤 오스틴 번의 미트를 향해 힘차게 공을 내던졌다.

후앗!

박건호의 손끝을 빠져나간 공이 아담 로살레의 눈높이로 날아들었다.

그러자 아담 로살레가 뭐에 홀린 듯 황급히 방망이를 내돌렸다.

후웅!

제법 날카로운 바람 소리를 내며 방망이가 공을 맞히기 위해 빠르게 움직였다.

하지만 박건호가 전력을 다해 내던진 공은 방망이보다 한 발, 아니, 두 발 앞서 홈 플레이트를 스쳐 지나가 버렸다.

퍼엉!

묵직한 포구 소리가 울려 퍼졌다.

"스트라이크, 아웃!"

구심의 요란한 삼진 콜이 다저스 스타디움을 다시 뜨겁게 달궈 놓았다.

—건! 삼진입니다. 오늘 경기 11번째 탈삼진을 아담 로살레에게 빼앗아 옵니다.

—바깥쪽 높은 코스로 날아간 하이 패스트볼이었는데요. 와우, 전광판에 정확하게 100mile/h이 찍혔습니다.

—아담 로살레, 고개를 절레절레 흔들며 더그아웃으로 들어가고 있습니다. 이로써 에디 그린 감독의 대타 작전이 실패로 돌아갔는데요.

—아마 에디 그린 감독도 박건호가 101mile/h의 빠른 공을 던질 줄은 미처 예상하지 못했을 겁니다.

—그럼 삼진 장면을 다시 한번 보도록 하죠.

중계진은 다양한 화면으로 박건호의 삼진 장면을 보여주었다.

101mile/h의 포심 패스트볼로 시작해 100mile/h의 포심 패스트볼로 끝나는 삼진은 그야말로 시원시원했다.

그중에서도 최고의 백미는 내리꽂듯 날아든 2구였다.

–이건 다시 봐도 정말 좋은 공이네요.

–초구 101mile/h의 포심 패스트볼이 아담 로살레를 움찔하게 만들었다면 이 공은 아담 로살레를 꼼짝도 못하게 만들었습니다.

–구속도 중요하지만 이래서 로케이션이 중요한 거죠.

–구속이 조금 떨어지더라도 타자의 무릎 앞을 이렇게 파고든다면 상대하지 못할 타자가 없을 것 같습니다.

아담 로살레가 더그아웃으로 돌아가고 대기 타석에 있던 1번 타자 트레비스 얀키우스키가 타석에 들어설 때까지 중계진은 아담 로살레의 삼진 장면에서 헤어 나오질 못했다.

그러느라 트레비스 얀키우스키가 초구를 건드려 유격수 땅볼로 물러난 사실을 뒤늦게 전했다.

"젠장, 오늘 따라 왜 이렇게 꼬이는 거야?"

아담 로살레에 이어 트레비스 얀키우스키까지 허무하게 물러나자 에디 그린 감독이 미간을 찌푸렸다.

박건호에게 강한 모습을 보여주었던 아담 로살레 카드를 꺼내든 건 이번 이닝에서 최소한 한두 점 정도 따라붙기 위해서였다.

경기를 뒤집진 못하더라도 앞으로 계속 만나게 될 박건호에게 파드리스가 만만찮은 팀이라는 걸 보여주고 싶었다.

하지만 마지막 희망이었던 2번 타자 얀게르비스 솔라테마저 2루수 뜬 공으로 물러나며 에디 그린 감독의 계획은 수포로 돌아가고 말았다.

그리고 그 여파는 6회 말로 이어졌다.

교체된 브랜드 핸드를 대신해 우완 투수 닉 반센트가 마운드에 올랐다. 86년생으로 구속은 빠르지 않지만 우타자에게 강하기로 정평이 난 투수였다.

"젠장. 하필 내 앞에서 투수가 바뀔 게 뭐야."

선두 타자로 타석에 들어선 8번 타자 오스틴 번이 한참을 투덜거렸다. 파드리스 불펜 투수들 중 그나마 잘 때려냈던 투수가 브랜드 핸드였는데 새로운 투수를 상대해야 하니 기분이 좋을 리 없었다.

하지만 예상치 못하게 닉 반센트의 제구가 흔들리면서.

따악!

오스틴 번은 좌익선상에 떨어지는 깔끔한 2루타를 때려낼 수 있었다.

"오스틴이 오늘은 밥값 좀 하는데?"

박건호는 씩 웃으며 타석에 들어섰다. 그러다 싸늘한 닉 반센트와 눈이 마주치자 냉큼 웃음을 되삼켰다.

닉 반센트는 까불지 말라며 초구와 2구 연속해서 박건호의 몸 쪽에 위협구를 붙여 넣었다.

포심 패스트볼의 최고 구속이 91mile/h(≒146.5㎞/h) 정도라 그리 위협적인 느낌은 없었지만 살짝 기가 죽은 박건호는 4구째 한복판으로 들어온 포심 패스트볼을 잡아당겼다가 유격수 앞 땅볼로 물러나고 말았다.

그러나 다행히도 오스틴 번이 영리한 주루 플레이를 선보이며 3루를 파고들었다. 덕분에 박건호의 평범한 땅볼은 진루타로 기록이 되었다.

"젠장."

주자가 코앞에서 아른거리자 닉 반센트의 제구가 다시 흔들렸다.

1번 타자 앤드 토레스는 그 틈을 놓치지 않고 4구째 들어온 높은 포심 패스트볼을 잡아당겨 우익수 앞에 떨어뜨려 놓았다.

–앤드 토레스! 깔끔한 안타를 만들어냅니다.

—3루 주자 오스틴 번이 천천히 홈을 밟네요. 오스틴 번, 이로써 2득점째를 기록합니다.

7 대 0의 점수가 8 대 0까지 벌어졌다. 파드리스의 공격이 3이닝 남아 있긴 했지만 분위기상 경기를 뒤집기란 쉽지 않아 보였다.

지난해 파드리스의 공격력은 내셔널 리그 서부 지구 5개 팀 가운데 최하위였다. 팀 타율은 고작 0.231에 불과했다. 게다가 팀 홈런 또한 158개에 그쳤다.

올해 파드리스는 마운드는 물론이고 타선에서도 이렇다 할 전력 보강을 하지 못했다. 당연하게도 팀 공격력의 반등을 기대하긴 어려웠다.

그나마 파드리스가 내세울 수 있는 건 3번 타자 알렉스 디커슨부터 시작되는 중심 타선의 한 방 능력이었다. 연평균 20개 이상의 홈런은 가능하다는 평가를 받는 알렉스 디커슨과 2년 연속 20홈런을 넘어 30개 이상의 홈런을 목표로 하고 있는 윌 마이스—라이언 심플 조합은 결코 호락호락하지 않았다.

—건, 이번 이닝은 각별히 조심할 필요가 있습니다.

—점수 차이가 여덟 점까지 벌어졌으니까요. 중심 타자들이 큰 걸 노리고 들어올 가능성이 높겠죠.

중계진은 3번 타자 알렉스 디커슨부터 시작되는 이번 이닝에서 장타가 나올지도 모른다고 긴장감을 높였다.

타순은 벌써 두 바퀴를 돌고 세 바퀴째에 접어들었다. 게다가 박건호의 투구 수도 70구를 바라보고 있었다.

중심 타자들을 상대로 까다롭게 승부를 펼친다면 투구 수는 금세 80구를 지나 90구에 도달할 터. 그때가 되면 100mile/h짜리 포심 패스트볼도 더 이상 던지지 못할 것이라고 여겼다.

하지만 정작 박건호는 3번 타자 알렉스 디커슨을 2구 만에 2루수 땅볼로 잡아냈다.

초구에 99mile/h(≒159.3km/h)의 빠른 공을 몸 쪽에 붙여 넣은 뒤 2구째 같은 코스로 포심 체인지업을 던진 게 주효했다.

알렉스 디커슨이 물러나고 4번 타자 윌 마이스가 타석에 들어왔다.

첫 번째 타석은 3구 삼진.

두 번째 타석도 3구 삼진.

두 타석 연속 3구 삼진의 수모를 당한 윌 마이스는 방망이를 단단히 움켜쥐었다.

"루키 따위에게 나까지 약한 모습을 보일 수는 없어."

4번 타자의 자존심 상 이대로 경기를 끝낼 수는 없는 노릇이었다. 장타는 아니더라도 어떻게든 출루에 성공해 박건호에게 강한 이미지를 계속 이어 나가고 싶었다.

"어디 뭘 노리나 볼까?"

오스틴 번은 초구에 바깥쪽을 파고드는 커브를 요구했다. 알렉스 디커슨을 상대로 연달아 빠른 공 승부를 펼친 만큼 초구에 타이밍을 빼앗을 필요가 있다고 여겼다.

하지만 박건호는 이번에도 고개를 저었다.

다른 타자도 아니고 작년에 자신을 짜증 나게 만들었던 윌 마이스다. 지긋지긋한 악연을 털어내려면 마지막까지 밀리지 않는 모습을 보여줄 필요가 있었다.

'까짓것 좋아. 어차피 맞아봐야 한 점이니까. 대신…….'

8 대 0의 점수 차이를 확인한 오스틴 번은 박건호가 원하는 대로 포심 패스트볼로 사인을 바꿔주었다.

코스는 몸 쪽 낮은 곳.

아담 로살레를 꼼짝 못하게 만들었던 그 공을 다시 한번 요구한 것이다.

'어때, 건. 이거 또 던질 수 있겠어?'

오스틴 번이 윌 마이스의 무릎 쪽으로 미트를 움직였다.

그러자 박건호가 기다렸다는 듯이 투구 동작에 들어갔다.

'오스틴! 몇 번이고 내라고. 언제든 던져 줄 테니까.'

후앗!

박건호의 손끝을 빠져나간 공이 곧장 윌 마이스의 몸 쪽으로 파고들었다.

몸 쪽 포심 패스트볼에 상당한 강점을 보이는 윌 마이스였지만 너무나도 낮게 깔려오는 공의 움직임에 감히 방망이를 내밀 생각을 하지 못했다.

퍼엉!

던지는 순간 어깨에 힘이 들어간 듯 공이 생각보다 반 개 정도 낮게 들어왔다.

하지만 오스틴 번은 자연스럽게 미트를 받쳐 들었다.

"스트라이크!"

구심도 그 정도 프레이밍은 봐줄 수 있다며 오른팔을 들어 올렸다.

"후우……."

윌 마이스는 짜증 대신 한숨을 내쉬었다.

낮은 공을 잡아줬다는 구심에 대한 불만보다 도저히 칠 수 없는 공이 들어왔다는 답답함이 더 컸던 것이다.

'포심 패스트볼은 버리자. 2구나 3구째 분명 변화구가 들어올 거야. 앞서 커브를 던지지 않았으니까 커브를 하나 보여주려 하겠지. 그걸 노리자, 그걸.'

윌 마이스는 머릿속으로 박건호의 커브를 떠올렸다. 우타자의 바깥쪽에 백도어성으로 걸쳐 들어오는 커브를 공략하기란 말처럼 쉽지 않았지만 적어도 초구같이 터무니없는 공보다는 나을 것 같았다.

그러나 오스틴 번의 사인은 이번에도 빠른 공이었다.

대신 포심 패스트볼이 아니라 투심 패스트볼을 요구했다.

'3구째 승부를 위해서야. 그러니까 투덜거리지 말라고.'

오스틴 번이 가볍게 미트를 두드렸다.

박건호도 오스틴 번의 속내를 읽고는 군말 없이 고개를 끄덕였다.

오른손 투수의 투심 패스트볼은 일반적으로 좌타자의 몸 쪽에서 바깥쪽으로 휘는 경우가 많다.

왼손 투수인 박건호의 투심 패스트볼 궤적은 정반대였다. 우타자의 몸 쪽을 파고드는 듯하다가 마지막 순간에 바깥쪽으로 꺾여 나갔다.

'맞힌다는 기분으로…….'

박건호는 오스틴 번의 미트보다 조금 더 깊숙한 곳에 시선을 뒀다. 그리고 그곳을 향해 있는 힘껏 공을 내던졌다.

후앗!

박건호의 손끝을 빠져나간 공이 곧장 윌 마이스에게 날아들었다.

"젠장!"

윌 마이스는 공의 궤적만 보고 위협구라고 판단했다. 그래서 엉덩이를 쭉 빼며 타격을 포기해 버렸다.

그러나 마지막 순간에 방향을 꺾은 공은 아슬아슬하게 홈플레이트 가장자리를 훑고 지났다.

퍼엉!

오스틴 번이 살짝 안쪽으로 미트를 밀어 넣었다.

"스트라이크."

구심은 이번에도 오스틴 번의 프레이밍을 눈감아주었다.

그러자 더그아웃 입구 쪽에 서 있던 막스 맥과이어 벤치코치가 성난 황소처럼 벌게진 얼굴로 구심에게 소리를 내질렀다.

"그게 왜 스트라이크야! 이 멍청아!"

다저스 스타디움의 원정 더그아웃은 1루였다. 윌 마이스가 오른손 타자이니 공의 높낮이나 오스틴 번의 프레이밍 정도가 비교적 정확하게 보였을 수는 있었다.

하지만 구심은 오스틴 번의 프레이밍만 적당히 넘긴 게 아니었다. 파드리스의 포수 크리스티안 베탄코스의 투박한 프레이밍에도 몇 차례 스트라이크를 선언했다.

"멍청이라는 소리, 나한테 한 겁니까?"

구심이 성큼성큼 1루 더그아웃 쪽으로 다가갔다.

그러자 막스 맥과이어 코치가 기다렸다는 듯이 밖으로 나와 구심에게 배를 들이밀었다.

“아까 초구도 그렇고 이번 공도 그렇고 빠졌잖아! 그런데 왜 스트라이크를 잡아준 거야?”

“걸쳐 들어왔어요. 스트라이크를 줄 만했으니 준 겁니다.”

“헛소리하지 마! 그걸 주면 타자는 뭘 치라는 거야?”

“지금 내 판정이 잘못됐다고 말하고 싶은 겁니까?”

은퇴 후 지도자 생활을 시작한 이후에도 막스 맥과이어 코치는 큼직한 풍채를 유지하고 있었다.

반면 구심은 막스 맥과이어 코치보다 머리 하나가 작아 보였다.

하지만 구심은 막스 맥과이어 코치 앞에서 조금도 주눅 들지 않았다. 오히려 계속 이런 식으로 시비를 걸면 퇴장시키겠다고 으름장을 놓아 막스 맥과이어 코치를 더그아웃 안으로 돌아가게 만들었다.

―막스 맥과이어, 더그아웃 안에서도 흥분을 가라앉히지 못하고 있습니다. 오스틴 번이 프레이밍을 사용하긴 했지만 전체적으로 스트라이크존에 걸쳐 들어오는 공이었는데요.

―글쎄요. 저는 구심의 판정에 대한 불만보다는 타자들에게 화를 내는 것처럼 보이는데요.

―확실히 이번 3연전에서 파드리스 타자들이 너무나도 무

기력한 모습을 보여주고 있습니다.

—어쩔 수 없는 결과겠죠. 지난해 팀 타율 최하위 팀을 상대로 다저스가 1, 2, 3선발을 전부 내세웠으니까요.

막스 맥과이어 코치의 항의 덕분에 잠시 중단됐던 경기는 5분여 만에 재개됐다.

"좀 흔들려야 할 텐데."

에디 그린 감독은 기대 어린 눈으로 박건호를 바라봤다.

그가 굳이 막스 맥과이어 코치를 말리지 않은 건 어떻게든 박건호를 동요하게 만들기 위해서였다.

하지만 정작 박건호는 100mile/h(≒160.9㎞/h)의 포심 패스트볼을 윌 마이스의 얼굴 쪽에 꽂아 넣어버렸다.

—건! 건! 건! 윌 마이스를 또다시 3구 삼진으로 돌려 세웁니다!

—와우. 정말 겁 없는 선수네요. 마치 칠 테면 쳐 보라는 듯이 하이 패스트볼을 던졌습니다.

—게다가 이번 공은 명백한 볼이었습니다. 오스틴 번이 프레이밍을 시도한다 하더라도 결코 스트라이크존까지 끌고 내려오기 어려운 공이었죠.

—윌 마이스 입장에서는 방망이를 휘두르지 않을 수가 없었

을 겁니다.

—투 스트라이크였고요. 4번 타자로서의 자존심도 있었겠죠.

—그렇습니다. 지난해 윌 마이스가 몸 쪽 높은 코스에 4할에 가까운 타율을 기록했는데요. 건의 박력 넘치는 포심 패스트볼을 때려내는 건 실패하고 말았습니다.

천적 윌 마이스를 3타석 연속 3구 삼진으로 잡아냈다는 흥분 때문일까.

박건호는 5번 타자 라이언 심플에게 세 번째 안타를 허용하고 말았다.

몸 쪽 포심 패스트볼이 살짝 몰려서 들어갔고 라이언 심플은 기다렸다는 듯이 방망이를 잡아 당겼다.

그리고 타구는 2루수와 우익수 사이에 뚝 떨어져 버렸다.

"이제 아웃 카운트 하나 남았어. 정신 차려, 건."

주자가 루상에 나가자 오스틴 번이 마운드에 올라왔다. 본래 같으면 투수 코치가 한 번쯤 마운드를 방문해 투수의 컨디션을 챙겼겠지만 이제 막 74구째를 던진 박건호의 체력은 아직 별문제가 없어 보였다.

"알았으니까 빨리 내려가."

오스틴 번의 잔소리가 길어질 조짐을 보이자 박건호가 냉큼 오스틴 번의 등을 떠밀었다.

그러자 경기장 곳곳에서 웃음이 터져 나왔다.

–건, 또다시 오스틴 번의 등을 떠밉니다.

–저 모습, 지난 시즌 때도 종종 나왔던 모습인데요.

–저건 호흡이 맞지 않는다는 의미일까요?

–아니요. 그 반대일 겁니다. 서로가 서로를 너무 잘 알고 있다 보니 저런 장난도 칠 수 있는 것이겠죠.

잠시 티격태격거리는 모습을 보였던 박건호와 오스틴 번은 6번 타자 자바라 블랙을 삼진으로 잡아내고 깔끔하게 이닝을 마쳤다.

7이닝 3피안타 무실점. 탈삼진 13개.

파드리스를 제물 삼아 박건호는 개인 한 경기 최다 탈삼진을 가볍게 넘어섰다.

다저스가 8회에 추가점을 올린 가운데 박건호에 이어 마운드에 오른 루이 콜맨이 2이닝을 1피안타 무실점으로 틀어막고 경기를 마무리 지었다.

최종 스코어 10 대 0.

이로써 다저스는 파드리스와의 홈 3연전을 쓸어 담고 지구 1위로 올라서게 됐다.

경기 직후 주요 언론을 통해 박건호의 활약상이 공개됐다.

다저스 건, 7이닝 무실점 13K

내셔널 리그 신인왕 건! 파드리스 상대로 첫 승 챙겨!

스마일 건! 다저스의 3연승 이끌다!

다저스 팬들은 슬레이트 커쇼의 뒤를 이을 젊은 에이스를 찾았다며 호들갑을 떨어댔다.

ㄴ봤어? 봤냐고! 삼진이 무려 13개야! 13개!

ㄴ7이닝 동안 13개의 아웃 카운트를 삼진으로 잡아냈으니 이닝당 거의 2개 꼴이라고.

ㄴ삼진도 삼진이지만 최고 구속이 101mile/h(≒162.5㎞/h)이 나왔어! 난 순간 내가 헛것을 본 줄 알았다니까?

ㄴ호들갑 떨지 마. 양키즈의 아롤디르 채프먼은 106mile/h(≒170.6㎞/h)이나 던진다고.

ㄴ멍청아! 채프먼은 마무리 투수잖아! 비교할 걸 비교해야지. 무슨 생각을 하는 거야?

ㄴ건의 작년 패스트볼 최고 구속은 98mile/h(≒157.7㎞/h)이

었어. 그런데 올 시즌 첫 경기에서 무려 101mile/h을 던졌어. 이게 뭘 의미하는지 모르겠어?

ㄴ건은 이제 만 19살이라고. 앞으로 3~4년 정도는 신체적으로 성장할 테니 공이 더 빨라질 가능성은 충분해!

ㄴ이제 고작 한 경기 치렀을 뿐이야. 시즌은 아직 많이 남았다고. 설레발치지 말고 차분하게 지켜볼 필요가 있어.

ㄴ뭘 더 지켜보라는 거야? 건은 작년에 11승을 거두고 신인왕을 차지했다고. 그리고 올해는 더욱 빨라진 공을 들고 왔지. 그런데 뭐가 더 필요해? 건이 사이영 상이라도 타야 인정해 줄 거야?

ㄴ모르지. FA가 되기 전에 건이 정말로 사이영 상을 탈지도.

ㄴ나도 그 생각 했어. 하지만 커쇼에게 미안하니까 가능하면 건은 좀 늦게 사이영 상을 탔으면 좋겠어.

ㄴ뭐야, 너희들. 건은 공만 빨라진 게 아냐. 완전히 싸움꾼이 되어가지고 왔다고.

ㄴ맞아. 작년에는 커브 비중이 높았는데 오늘 경기에서는 패스트볼 위주였어. 난 그 점이 마음에 들어.

ㄴ윌 마이스를 세 타석 연속 3구 삼진으로 돌려세운 건 또 어떻고?

ㄴ난 솔직히 올해 건이 2년 차 징크스를 혹독하게 겪을 거라고 생각했는데 이젠 아냐. 건은 올해는 작년보다 훨씬 더 좋

은 성적을 거둘 거야. 내가 장담해!

ㄴ경기를 본 다저스 팬이라면 모두가 그렇게 생각할걸?

몇몇 성급한 팬은 마에다 케이타가 아니라 박건호를 2선발로 올려야 한다고 주장했다.

박건호의 성장을 위해 3선발이 낫다는 의견이 훨씬 많았지만 박건호가 마에다 케이타를 대체할 수 있을 거라는 의견 자체에 반감을 드러내는 이는 극소수에 불과했다.

박건호는 이 같은 팬들의 반응을 제시카를 통해 전해 들었다.

제시카: 다들 건을 칭찬하고 있어요. 건이 슬레이튼 커쇼의 후계자가 될 거라는 이야기가 많아요.

건호: 하하. 슬레이튼 커쇼의 후계자 소리는 너무 부담스러운데. 게다가 아직 커쇼는 젊잖아.

제시카: 그래도 팬들이 그만큼 건을 좋아하고 응원하는 거잖아요. 덕분에 나도 요새 신이 나서 건의 기사를 찾아본다고요.

건호: 그렇다면 제시카를 위해서라도 더 열심히 던져야겠는걸?

제시카: 그 이야기, 다저스 팬들이 들으면 실망할 거 같은

데요?

건호: 그래? 제시카도 실망했어?

제시카: 아뇨. 난 다저스 팬이기 이전에 건의 팬이니까요. 건이 날 위해 열심히 던진다면 나도 행복할 것 같아요.

건호: 좋아! 그럼 기대해! 매리너스전 때도 승리를 따낼 테니까.

파드리스와의 3연전을 쓸어 담은 다저스는 하루를 쉬고 애리조나 원정길에 나섰다.

첫 경기 선발은 류현신. 언론과 전문가들로부터 걱정과 기대를 동시에 받았던 류현신은 5.2이닝 5피안타 2실점으로 무난한 출발을 알렸다.

하지만 애석하게도 시즌 첫 승 달성에는 실패했다. 선발에서 불펜으로 전환한 알렉스 우든이 3실점하면서 8회에 경기가 뒤집혀 버린 것이다.

다음 날 경기는 정반대의 결과가 나왔다. 야디에르 알베스가 4이닝 5실점으로 부진한 가운데 다저스는 7회까지 5 대 2, 석 점 차로 끌려갔지만 8회에 대거 4점을 뽑아내며 6 대 5, 한 점 차의 짜릿한 승리를 거뒀다.

1승 1패. 시리즈 성적이 팽팽해진 가운데 위닝 시리즈를 두고 다저스와 다이아몬드백스의 에이스가 만났다.

다저스의 선발은 슬레이트 커쇼.

이에 맞서는 다이아몬드백스의 선발은 맥 그레인키.

한때 한솥밥을 먹으며 최강의 원투펀치로 호흡을 맞췄던 슬레이트 커쇼와 맥 그레인키는 팀의 승리를 위해 혼신의 투구를 선보였다.

슬레이트 커쇼는 7이닝 4피안타 2실점.

맥 그레인키는 8이닝 6피안타 2실점.

2 대 2로 승부를 가리지 못한 선발 맞대결은 결국 불펜 싸움으로 이어졌다.

그리고 연장 10회 초 코일 시거가 역전 홈런을 때려내며 위닝 시리즈는 다저스의 몫으로 돌아가게 됐다.

애리조나 원정을 끝마친 다저스 선수단은 곧바로 LA로 돌아와 매리너스와의 3연전에 들어갔다.

다저스는 마에다 케이타를 앞세워 3연승을 노렸다. 이에 맞서 매리너스는 경험 많은 이와쿠와 하사시를 등판시켰다.

일본인 선발 투수 간의 맞대결에서 이와쿠마 하사시가 판정승을 거두었다. 6이닝 6피안타 3실점으로 7이닝 8피안타 4실점을 한 마에다 케이타를 근소하게 앞선 것이다.

경기는 추가점 없이 4 대 3, 매리너스의 승리로 끝이 났다. 그리고 다음 날 박건호와 올 시즌 아메리칸 리그 유력한 신인왕 후보인 오타니 쇼헤의 맞대결이 펼쳐졌다.

28장
슈퍼 루키 vs 괴물 신인(1)

1

2017년 말, 포스팅을 통해 메이저리그에 진출한 오타니 쇼헤의 몸값은 그야말로 어마어마했다.

2016년 초부터 미국에서는 오타니 쇼헤가 2억 달러 이상을 받을 거란 전망들이 나왔다.

2017년 초에는 오타니 쇼헤의 몸값이 3억 달러까지 치솟았다. 2016년 퍼시픽리그 MVP를 차지하며 팀을 재팬 시리즈 우승으로 이끌면서 1년 만에 몸값이 1억 달러 이상 뛰어 오른 것이다.

우승 후 곧바로 메이저리그로 진출할 거란 예상과는 달리 오타니 쇼헤는 소속팀 재팬햄과 1년 계약을 맺었다.

그리고 다시 한번 재팬 시리즈를 일본 정상에 올려놓으며 2017년 말 포스팅을 통해 메이저리그에 도전장을 냈다.

오타니 쇼헤가 정말로 매물로 나오자 미국에서는 포스팅 비용을 포함해 4억 달러에 달하는 계약이 나올지도 모른다고 호들갑을 떨어댔다.

실제로 94년생, 이제 만 23세에 접어든 오타니 쇼헤에게 각 구단들은 3억 달러를 넘나드는 초장기 계약을 들이밀었다.

하지만 오타니 쇼헤는 4년째 옵트 아웃을 포함, 6년 1억 7,800만 달러(포스팅 비용 2천만 달러 별도)를 제안한 매리너스와 계약을 맺었다.

메이저리그에서 실력을 인정받은 뒤 20대 후반에 다시 한 번 FA 대박을 노리겠다는 의지를 분명히 밝힌 것이다.

매리너스는 오타니 쇼헤를 에이스급으로 우대하면서 팀의 3선발 자리를 맡겼다.

아직까지 매리너스의 에이스는 킹 펠리스라 불리는 펠리스 에르난데스의 몫이었다.

그리고 오타니 쇼헤가 계약 마지막 해인 일본인 투수 이와쿠마 하사시에게 2선발을 양보하겠다는 뜻을 밝히며 선발진의 교통정리가 마무리됐다.

그 결과 박건호 대 오타니 쇼헤라는 한일 양국을 대표하는 젊은 투수들 간의 맞대결이 성사됐다.

건 vs 오타니! 미래의 에이스들 간의 빅뱅!

2016년 신인왕과 2017년 예비 신인왕의 맞대결!

LA 언론들은 다저스의 슈퍼 루키 박건호가 일본에서 건너온 괴물 투수 오타니 쇼헤를 맞이해 좋은 경기를 선보여 줄 것이라고 전망했다.

비록 몸값은 비교조차 할 수 없을 만큼 차이가 났지만 지난 파드리스 전 때 보여주었던 피칭을 다시 한번 선보일 수 있다면 제아무리 오타니 쇼헤라 해도 충분히 이길 수 있다고 기대했다.

하지만 LA 언론을 제외한 나머지 언론들은 오타니 쇼헤의 압도적인 승리를 점쳤다. 몸값도 몸값이지만 애당초 기대치부터가 다르다는 이유에서였다.

오타니 쇼헤는 일본 리그를 평정하고 메이저리그로 건너왔다.

반면 박건호가 내세울 수 있는 건 지난해 내셔널 리그 신인상을 받았다는 것뿐이었다.

그러나 그마저도 언론은 높이 쳐주질 않았다. 오타니 쇼헤를 2017년 가장 유력한 아메리칸 리그 신인왕 후보로 치켜세우며 박건호와의 비교 자체를 불허했다.

"뭐야? 이 녀석은 뭔데 이렇게 띄워주는 거야?"

핸드폰으로 신문 기사를 살피던 오스틴 번이 불만스럽게 투덜거렸다. 오타니 쇼헤가 대단한 투수라는 건 익히 들어 알고 있지만 이건 해도 너무했다.

"내버려 둬."

박건호가 대수롭지 않게 말했다.

올해 겨우 60만 달러를 받게 된 자신과 2,500만 달러를 받는 오타니 쇼헤의 맞대결이었다.

자신이 기자라 하더라도 오타니 쇼헤를 높이 평가할 수밖에 없을 것 같았다.

물론 그렇다고 해서 쏟아지는 기사들처럼 오타니 쇼헤에게 일방적으로 당해줄 마음은 눈곱만큼도 없었다.

"넌 화도 안 나냐?"

"화를 왜 내야 하는데?"

"뭐?"

"잘 들어, 오스틴. 신인상도 내가 먼저 탔고 데뷔도 내가 먼저 했어. 앞으로 난 꾸준히 오타니 쇼헤를 앞서갈 거라고. 그런데 왜 화를 내야 하는 거야?"

박건호가 자신만만한 얼굴로 오스틴 번을 바라봤다.

그러자 오스틴 번이 마음에 든다며 박건호에게 주먹을 내밀었다.

"역시 건! 내가 이래서 널 좋아한다니까!"

"새삼스럽게 무슨."

박건호가 피식 오스틴 번과 주먹을 맞부딪쳤다.

2

박건호와 오스틴 번이 경기 준비에 한창인 그 시각.

"뭐야, 이놈들. 대체 우리의 건을 어디까지 깎아내려야 속이 시원한 거야?"

알렉스 인터폴리스 부사장도 일방적이다 못해 편파적이기까지 한 기사들을 보고 잔뜩 열을 냈다.

"참아요, 알렉스."

언제나처럼 세런 테일러가 나긋한 목소리로 알렉스 인터폴리스 부사장을 달랬다.

하지만 그토록 관심을 갖는 박건호의 일이라서일까.

알렉스 인터폴리스 부사장은 좀처럼 흥분을 가라앉히지 못했다.

"세런, 콕스 TV에 올라온 투표 결과 봤어?"

"건과 오타니 쇼헤 중 누가 이길까 하는 거요?"

"그래. 무려 95퍼센트가 오타니 쇼헤가 이길 거라고 투표했어. 이거 조작 아냐? 다저스 팬들이 얼마나 많은데 5퍼센트가 말이 된다고 생각해?"

"저도 그렇지 않아도 미심쩍어서 콕스 TV 쪽에 문의를 했는데…… 담당자 말로는 다저스 팬들을 제외한 타 구단 팬들이 거의 일방적으로 오타니 쇼헤를 지지하는 거 같더라고요."

"대체 왜? 이유가 뭔데?"

"그만큼 건이 신경 쓰인다는 이야기겠죠."

세런 테일러가 금테 안경을 고쳐 쓰며 대답했다.

그러자 알렉스 인터폴리스 부사장이 조금 더 이야기해 보라며 분위기를 잡았다.

"오타니 쇼헤는 일본 최고의 투수예요. 혹자들은 일본 역사상 최고의 야구 선수라는 소리까지도 하니까요. 하지만 오타니 쇼헤와 비교해서 건을 형편없는 투수로 폄하하는 건 동의할 생각이 없어요. 어찌 보면 그건 슬레이튼 커쇼에 이어 건까지 가져간 다저스에 대한 시기와 질투일 테니까요."

2013년부터 2017년까지 재팬햄에서 5년간 생활하며 오타니 쇼헤는 총 55승을 거두었다.

연 평균 11승. 100mile/h(≒160.9㎞/h)을 상회하는 빠른 패스트볼을 던지며 통산 평균 자책점을 2.32까지 끌어내렸다는 걸 감안하더라도 오타니 쇼헤를 앞서 메이저리그에 진출한 일본 출신 에이스들에 비해 낫다고 하긴 어려웠다.

하지만 오타니 쇼헤는 공만 잘 던지는 게 아니었다. 타석에서도 상당한 실력을 뽐냈다.

통산 타율 0.291, 통산 홈런 65개.

선발 등판할 때마다 가끔씩 타석에 들어서는 것만으로는 만족하기 어려울 만큼 타격 재능도 뛰어났다.

매리너스 구단도 체력적인 문제만 없다면 오타니 쇼헤를 자주 타자로 기용하겠다는 뜻을 밝혔다.

실제로 오타니 쇼헤는 메이저리그 6번째 타석 만에 메이저리그 데뷔 홈런까지 때려냈다.

투수와 타자. 어느 한쪽에 전념한다면 메이저리그 역사에 남을 선수가 될 것이라는 게 메이저리그 전문가들의 한결같은 의견이었다.

그만큼 오타니 쇼헤는 검증이 된 선수였다. 게다가 재능도 뛰어났다. 6년에 1억 7,800만 달러를 받았지만 그걸 거품이라 지적하는 언론은 단 한 곳도 없을 정도였다.

그에 비해 박건호는 루키였다. 한국 프로야구 경험도 없는, 고등학교를 졸업하기가 무섭게 메이저리그로 건너와 데뷔 첫 해 신인상을 따내는 기적을 만든 장본인이었다.

다저스의 3선발로 시즌을 시작하긴 했지만 올 시즌 박건호의 연봉은 고작 60만 달러에 불과했다.

오타니 쇼헤가 올해 받는 보장 연봉은 2,500만 달러.

박건호가 모든 보너스를 전부 받는다 해도 연봉으로 오타니 쇼헤를 따라잡기란 불가능했다.

언론과 전문가들은 이 같은 이유를 대며 오타니 쇼헤가 박건호보다 나은 선수라고 역설하고 있었다.

하지만 냉정하게 따졌을 때 오타니 쇼헤가 메이저리그에서 보여준 건 아무것도 없었다. 기대를 모은 데뷔전은 6이닝 2실점으로 평범했고 타석에서도 아직까지 날카로운 모습은 보여주지 못하고 있었다.

반면 박건호는 지난 시즌 11승과 1점대 평균 자책점(1.99)을 기록하며 신인상을 수상했다.

비록 규정 이닝은 채우지 못했지만 지난해 100이닝 이상을 던진 선발 투수들 중 박건호보다 낮은 평균 자책점을 기록한 건 단 1명, 슬레이튼 커쇼밖에 없었다.

"그러니까…… 다른 구단에서 건을 견제하고 있다는 말이야?"

알렉스 인터폴리스 부사장이 흥미롭다는 표정을 지었다. 설마하니 세런 테일러의 입에서 그런 대답이 나올 줄은 예상하지 못한 반응이었다.

그러자 세런 테일러가 다시 한번 안경테를 매만졌다.

"아마 건이 작년과 비슷한 수준의 투구를 파드리스전에서 보여줬다면 다들 대견하게만 생각했을지 모르죠. 동양의 어린 투수가 메이저리그에 와서 고생한다고 말이에요. 하지만 지난 파드리스전에서 건은 무서웠어요. 그리고 엄청난 잠재력을 선보였죠. 알렉스, 다저스 팬들이라면 함부로 떠들어서는 안 되는 말이 뭔 줄 알아요?"

"글쎄. 레전드들에 대한 이야기일까? 아니면 월드 시리즈?"

"물론 그 부분도 민감한 이야기죠. 하지만 지금 시점에서 가장 민감한 이야기는……."

"슬레이튼 커쇼의 후계자 문제지."

알렉스 인터폴리스 부사장이 씩 웃었다.

"알고 있을 줄 알았어요."

이런 전개를 예상한 듯 세런 테일러는 눈꼬리조차 치켜들지 않았다.

"지난 파드리스전 이후로 팬들은 건이 슬레이튼 커쇼의 후계자가 될 거라고 이야기하고 있어요. 한두 명이 아니에요. 다들 건을 전도 유망한 유망주에서 미래의 에이스로 보기 시작한 거죠."

"실제로 커쇼조차 인터뷰를 통해 비슷한 이야기를 했으니 말 다 한 거지."

"물론 지금 당장 건이 슬레이튼 커쇼라는, 메이저리그 역사에 남을 위대한 투수를 대체할 수 있다고는 생각하지 않아요. 하지만 내년, 내후년이면 어떨까요. 건이 해마다 성장해서 팬들의 기대치를 충족시킨다면…….”

“다저스 왕조가 열리겠지.”

“바로 그거예요. 그리고 다른 구단들은 지금 다저스 왕조가 열릴까 봐 전전긍긍하고 있는 거고요.”

박건호가 7이닝 동안 13개의 탈삼진을 뽑아내며 파드리스 타자들을 잠재우자 파드리스 에디 그린 감독은 기자들 앞에서 이런 이야기를 했다.

“난 그저 우리 구단의 스카우트들에게 화가 날 뿐입니다. 어째서 건을 알아보지 못했는지, 어째서 건을 데려오려 노력하지 않았는지……. 하아, 이미 지난 일이라 해도 우린 엄청난 실수를 한 겁니다. 우리뿐만이 아니에요. 건의 영입을 두고 저울질했던 모든 구단은 아마 두고두고 다저스의 뒤통수를 보게 될 겁니다.”

물론 대다수 언론과 전문가는 박건호라는 천적의 등장에 에디 그린 감독이 민감하게 반응한 것뿐이라고 잘라 말했다.

하지만 실제 각 구단들의 내부 반응은 에디 그린 감독과 큰 차이가 없었다.

다저스가 고작 푼돈을 던져 주고 제2의 슬레이튼 커쇼를 데려왔다.

이것이 외부에 알려지지 않은 공통된 생각들이었다.

"알렉스가 화 난 이유, 충분히 이해해요. 아마 이 기사들을 보고 있을 다저스 팬들은 하나같이 속이 상해서 어쩔 줄을 몰라 하겠죠. 하지만 감정적으로 대응하는 건 다저스가 잘되는 꼴을 못 보는 저들이 원하는 거예요. 오히려 이런 때일수록 냉정해질 필요가 있어요."

"냉정이라……."

"아마 저들이 원하는 건 하나겠죠. 건이 더 빨리 슬레이튼 커쇼에게 가까워지기 전에 라이벌 국가인 일본의 에이스 오타니 쇼헤가 건의 발목을 붙잡아주는 것."

"아예 짓밟아주면 더 좋을 테고."

"물론 그렇다 해도 건이 이대로 고꾸라질 가능성은 희박해요. 최소한 슬레이튼 커쇼의 뒤를 받쳐 줄 만한 투수로 성장하겠죠. 그래도 그들 입장에선 일단은 건의 상승세는 꺾어놓을 필요가 있겠죠."

"후우……. 답답하군. 건의 재능이야말로 오타니 쇼헤보다 나을지 모르는데. 다들 왜 이리들 못살게 구는지 원."

알렉스 인터폴리스 부사장이 길게 한숨을 내쉬었다.

그러자 세런 테일러가 혼잣말처럼 중얼거렸다.

"건은 동양인이에요, 알렉스. 미국인이 아니라고요."

3

"흠……."

스타팅 라인업을 바라보며 스캇 서바이브 감독이 길게 한숨을 내쉬었다.

팀 보거트 벤치 코치가 짜 가지고 온 타순은 흠잡을 데가 없었다. 매리너스가 내세울 수 있는 최고의 라인업 중 하나였다.

문제는 오늘 선발이 오타니 쇼헤라는 점이었다.

"오타니 쇼헤가 왜 9번이지?"

"스캇, 오타니 쇼헤 혼자 오늘 경기를 책임질 수는 없을 겁니다. 오타니 쇼헤가 내려간 이후를 고려했을 때 9번 타순이 최선입니다."

팀 보거트 코치는 내셔널 리그에서는 일반적으로 투수들이 9번 타순을 친다는 이야기를 굳이 덧붙이지 않았다.

그러나 스캇 서바이브 감독은 생각이 다른 모양이었다.

"오타니 쇼헤는 재능 있는 타자야. 타자로 전업할 경우 50홈런도 가능하다는 평가는 절대 과대평가된 게 아니라고."

"그렇다면 오타니 쇼헤를 타자로만 쓰도록 하죠. 그렇다면 어제처럼 6번 타순으로 올리겠습니다."

"팀!"

"스캇, 내셔널 리그 원정 경기라 넬슨 크로스를 쓸 수 없는 상황이에요. 우린 4번 타자 없이 다저스를 상대해야 한다고요."

아메리칸 리그 구단인 매리너스의 4번 타자는 오래전부터 넬슨 크로스였다.

넬슨 크로스는 2014년 40개의 홈런포를 쏘아 올리며 아메리칸 리그 홈런왕에 오른 이래 작년까지 4년 연속 40홈런 페이스를 이어가고 있었다.(40-44-43-40)

하지만 애석하게도 오늘 경기에서는 5년 연속 40홈런에 도전장을 내민 넬슨 크로스를 볼 수가 없었다. 매리너스가 인터리그 원정 경기를 치르기 위해 LA에 와 있기 때문이었다.

넬슨 크로스는 매리너스에서 지명타자로 활약하고 있다. 가끔 우익수도 보긴 하지만 수비력을 기대하긴 어려운 수준이었다.

그렇다고 공격력을 위해 수비 범위가 넓은 반 가멜을 빼고 발이 느린 넬슨 크로스를 선발 출전시키기도 어려웠다.

적어도 인터리그 원정 경기에 한해서 매리너스는 넬슨 크로스를 대타 카드로밖에 사용할 수 없는 상황이었다.

그래서 팀 보거트 코치는 조금 더 응집력 있는 타순을 만들어 넬슨 크로스의 빈자리를 채우려 했다. 그게 당연하다고 여겼다.

그러나 스캇 서바이브 감독은 이번에도 이견을 늘어놓

았다.

"그러니까 오타니 쇼헤를 전진 배치해야지! 그래야 나중에 넬슨 크로스를 승부처에 투입할 거 아냐!"

"아직 오타니 쇼헤는 메이저리그 투수들에게 완전히 적응하지 못하고 있어요. 지금으로서는 9번 타순이 최선입니다. 9번이 정 싫다면 8번까진 양보하죠."

팀 보거트 코치는 결코 물러서지 않았다.

오타니 쇼헤를 매리너스를 대표하는 스타로 만들려는 구단의 의지를 모르는 건 아니었다.

하지만 다저스를 상대로 오타니 쇼헤를 중심 타선에 배치시키는 코미디를 연출할 생각은 없었다.

많이 양보한다 해도 7번 정도다. 그보다 앞선 타순은 투구에도 악영향을 끼칠 수 있었다.

그러나 스캇 서바이브 감독은 감독 직권으로 타순을 바꿔 버렸다.

매리너스 라인업

1번 레오나르도 마틴(중견수, 우투좌타)

2번 기에르모 에레라(좌익수, 좌투우타)

3번 로빈슨 카누(2루수, 우투좌타)

4번 카인 시거(3루수, 우투좌타)

5번 오타니 쇼헤(투수, 우투좌타)

6번 진 세그라(유격수, 우투우타)

7번 아담 리드(1루수, 좌투좌타)

8번 마이클 주니노(포수, 우투우타)

9번 반 가멜(우익수, 좌투좌타)

"하아……."

타순을 확인한 팀 보거트 코치가 한숨을 내쉬었다.

오타니 쇼헤가 5번이라니.

이건 오늘 경기를 포기하겠다는 소리나 다름없었다.

"너무 그렇게 부정적으로만 생각하지 말라고. 오타니 쇼헤가 오늘 경기에서도 결정적인 홈런을 때려줄지 어떻게 알아?"

스캇 서바이브 감독은 오타니 쇼헤가 4번 타자 넬슨 크로스를 완벽히 대체할 순 없어도 중심 타선에 힘을 보태줄 것이라고 굳게 믿었다.

아직 정교함은 떨어졌지만 오타니 쇼헤가 올 시즌 때려 낸 4개의 안타 중 장타가 무려 3개였다.

홈런 하나. 2루타 두 개.

이 정도면 확실히 장타력은 갖췄다고 봐야 했다.

"이 타순대로라면 오타니 쇼헤는 6회가 한계일 겁니다."

팀 보거트 코치가 부정적인 목소리를 냈다.

오타니 쇼헤가 일본에서 투타 겸업을 했다 하더라도 여긴 메이저리그였다. 선발 투수가 중심 타선에서 활약하는 꿈같은 이야기가 현실이 되기란 결코 쉽지 않았다.

게다가 오늘 다저스의 선발은 슈퍼 루키란 소리를 듣고 있는 박건호였다.

"스캇, 그렇다면 진 세그라와 오타니 쇼헤의 타순을 바꾸시죠. 중심 타선이 전부 좌타자예요."

팀 보거트 코치가 한발 양보했다.

오타니 쇼헤의 타순을 올리는 대신 5번이 아닌 6번에 배치하고 6번 타순의 올스타 출신 우타자 진 세그라를 5번에 올린다면 좌타자 편향은 어느 정도 막을 수 있을 것 같았다.

하지만 이번에도 스캇 서바이브 감독은 고개를 가로저었다.

"아니, 이대로 가는 게 낫겠어."

"스캇!"

"팀, 쉽게 가자고. 오타니 쇼헤는 매리너스의 중심 타선에 합류하길 원해. 그리고 구단은 오타니 쇼헤에게 최대한 많은 타석을 보장하겠다고 약속한 상태야."

"그 타석이라는 게 중심 타순일 필요는 없잖습니까!"

"아니지, 아니야. 언론들이 이만큼 떠벌려놨는데 오타니 쇼헤를 9번에 배치시켜 봐. 날 뭐라고 생각하겠어?"

"하아……."

"이게 나아. 이 라인업이 최선이라고. 그러니까 더는 군소리하지 마."

그로부터 한 시간 후.

매리너스의 스타팅 라인업이 공개되자 다저스 출입 기자들은 황당함을 감추지 못했다.

"뭐야, 저거?"

"오타니 쇼헤가 5번? 스캇 서바이브 감독 제정신인 거야?"

넬슨 크로스가 선발 라인업에서 빠지는 만큼 오타니 쇼헤가 전진 배치될 것이라는 점은 어느 정도 예상하고 있었다.

하지만 5번 타순과 6번 타순은 의미 자체가 달랐다. 4번 타자의 뒤를 받쳐 주는 5번 타자는 찬스를 해결해 줘야 하는 중심 타자로서의 역할을 해내야만 했다.

이제 막 메이저리그에 데뷔한 오타니 쇼헤에게는 아직 이른 자리였다.

게다가 오타니 쇼헤는 오늘 경기의 선발 투수였다. 그리고 앞선 선발 데뷔전에서 오타니 쇼헤는 타선에 포함되지 않았다.

"이거 스캇 서바이브 감독이 건을 너무 우습게 보는데?"

"지금 뭐라고 했어? 누가 뭘 어째?"

"흥분하지 말고 잘 생각해 보라고. 이건 대놓고 건을 무시하겠다는 소리밖에 안 되는 거잖아."

"하아, 진짜 어처구니가 없군그래. 아무리 건이 루키라고는 하지만 선발 투수를 5번 타자로 올리다니. 마치 1900년대 초반으로 시간이 거슬러 올라간 기분이야."

"그나저나 건이 저걸 보고 흥분하지 않았으면 좋겠는데."

"나도 그게 걱정이야. 매리너스의 스타팅 라인업을 보고 괜히 열 내봐야 건만 손해잖아."

몇몇 기자의 불안한 시선이 박건호를 향해 움직였다.

하지만 정작 박건호는 불펜에서 몸을 푸느라 정신이 없었다.

조시 브레드 불펜 코치가 놀라지 말라며 매리너스의 라인업을 일러주긴 했지만 박건호의 표정은 별반 달라지지 않았다.

"건이 정말 괜찮을까요?"

조시 브레드 코치가 걱정스런 얼굴로 말했다.

언론에서 제멋대로 입방아를 찧어대는 것도 짜증이 날 텐데 매리너스가 이상한 라인업을 들고 나왔으니 아무래도 평정심을 유지하기가 어려울 것 같았다.

걱정이 앞서니 박건호의 불펜 투구도 왠지 모르게 불안해 보였다. 높게 들어가는 공은 너무 높은 것 같고 코너웍이 된 공도 왠지 모르게 빠져 보였다.

그러나 릭 허니컴 투수코치는 대수롭지 않은 반응이었다.

"건도 매리너스에서 변칙 라인업을 들고 나올 거라고 예상하고 있었을 거야."

"하지만 오타니 쇼헤를 5번에 배치한 건 충격적이에요."

"그건 나도 마찬가지야. 그래도 건은 괜찮을 거야."

"그걸 어떻게 확신하는 거죠?"

"건은 고등학교 2학년 때까진 그저 그런 투수였어. 그런데 어떻게 메이저리그로 넘어오게 됐는 줄 알아?"

"어떻게요?"

"대어를 낚았거든. 그것도 두 번이나."

"허, 그런 일이 있었어요?"

"물론 메이저리그에서 신인상을 탄 지금의 건에게는 대단한 일이 아닐지도 모르지. 하지만 건은 고등학교 때부터 늘 이런 싸움을 해왔다고. 전력이 약한 이름 모를 학교의 에이스로서 훨씬 강한 학교들의 에이스들과 맞붙는 거. 그게 어디 보통 일이야?"

"그건 정말 사람 피 말리는 짓이죠. 한 점만 내줘도 모든 게 끝나 버릴 수도 있는 두려움 속에서 공을 던져야 할 테니까요."

조시 브레드 코치가 공감한다며 고개를 주억거렸다.

약팀의 에이스가 느끼는 비애.

그건 오직 겪어 본 자만이 알 수 있었다.

"그러니까 건이 이 정도로 흔들릴 거라는 생각은 버리라고. 아마 아무 일 없었다는 듯 파드리스전처럼 당당하게 공을 던질 테니까."

릭 허니컴 코치는 박건호가 세명 고등학교 시절처럼 오타니 쇼헤를 상대로 승리를 따내줄 거라 굳게 믿었다. 적어도 슬레이튼 커쇼의 후계자 소리를 들으려면 그 정도 투지는 보여줘야 한다고 생각했다.

"건! 시간 됐어!"

조시 브레드 코치의 신호를 받은 박건호는 마지막 연습 투구를 내던졌다.

후앗!

박건호의 손끝을 빠져나간 공이 오스틴 번의 미트에 단단히 틀어 박혔다.

"좋아. 오늘도 문제없겠어."

오스틴 번이 씩 웃으며 포수 마스크를 벗었다.

"오늘은 어떤 게 좋은 거 같아?"

박건호가 마운드에서 내려와 물었다. 불펜 피칭을 통해 승부구를 정하는 건 박건호와 오스틴 번의 오랜 버릇이었다.

박건호는 내심 오스틴 번이 포심 패스트볼을 언급해 주길 바랐다. 그래서 오타니 쇼헤와 포심 패스트볼 맞대결을 펼치게 되길 기대했다.

오타니 쇼헤의 최고 구속은 지난해 일본에서 기록한 104mile/h(≒167.3㎞/h)였다. 그리고 메이저리그 기록은 지난 데뷔전에서 기록한 102mile/h(≒164.2㎞/h)이 최고였다.

반면 박건호의 개인 최고 구속은 지난 파드리스전에서 세웠던 101mile/h(≒162.5㎞/h)이었다. 그야말로 이를 악물고 던진 공이었지만 오타니 쇼헤에 비해 1mile/h이 느렸다.

박건호는 이번 오타니 쇼헤와의 맞대결을 통해 다시 한번 포심 패스트볼 구속을 끌어올려 볼 생각이었다. 그러기 위해서는 일단 오스틴 번의 동의가 필요했다.

"일단 포심 패스트볼은 좋아. 훌륭해. 아무 문제없어."

"정말이야?"

"그럼. 정말이고말고. 너만 자신 있다면 오늘 경기 처음부터 끝까지 포심 패스트볼만 받고 싶은 심정이야."

오스틴 번은 일단 포심 패스트볼부터 칭찬했다.

약간의 과장이 섞여 있었지만 박건호는 기분 좋게 웃어 보였다.

"커브는 어때?"

"커브도 괜찮아. 요긴하게 써먹을 수 있겠어."

"그럼 오늘은 포심과 커브로 가는 거야?"

"아니, 다른 공들도 다 좋으니까. 오늘은 최대한 복잡하게

가 보자."

오스틴 번은 박건호 이상으로 의욕에 불타올라 있었다.

언론의 바람대로 오늘 경기에서 일방적으로 패배할 생각은 눈곱만큼도 없어 보였다.

"그래, 알았어. 오스틴 너만 믿고 던질 테니까 제대로 리드하라고."

박건호도 피식 웃으며 주먹을 내밀었다.

"걱정하지 마. 널 오늘 최고의 투수로 만들어줄 테니까."

오스틴 번이 힘껏 주먹을 가져다 댔다.

4

2017년 내셔널 리그 신인왕과 2018년 아메리칸 리그 예비 신인왕의 맞대결이라는 기대치 때문일까.

오늘은 콕스 TV에서 전국 생중계를 맡았다.

–다저스의 선발 투수는 건입니다.

–지난해 11승을 거두며 내셔널 리그 신인상을 거머쥐었는데요. 지난 파드리스전에서도 7이닝 무실점 호투를 펼치며 다저스의 상승세에 큰 힘을 보태고 있습니다.

–그날 경기는 정말 대단했습니다. 정말 아깝게 오늘의 투

수를 놓쳤는데요.

—솔직히 오늘의 투수에 선정될 만한 투구였죠. 다만 그날 따라 완투를 한 투수가 많아서 아쉽게 밀리고 말았습니다.

—다저스 팬들은 벌써부터 건을 제2의 슬레이튼 커쇼로 평가하고 있는데요.

—한두 해 정도는 더 지켜봐야겠지만 지금까지 보여준 것만 놓고 보자면 슬레이튼 커쇼 못지않은 투수로 성장할 가능성이 높아 보이는 게 사실입니다.

—그런데 오늘 만만찮은 상대를 만났습니다.

—오타니 쇼헤죠. 지난겨울 이적 시장에서 가장 큰 관심을 받았던 선수입니다.

—공교롭게도 일본과 한국인데요.

—건은 한국 출신이고 오타니 쇼헤가 일본 태생이죠.

—한국과 일본은 스포츠에서 맞붙을 때마다 늘 명승부를 펼쳐 왔습니다. 어쩌면 오늘 경기도 생각보다 치열해질 가능성이 없지 않은데요.

—제 생각도 같습니다. 언론들은 일단 오타니 쇼헤의 손을 들어 주었습니다만 오타니 쇼헤가 데뷔전에서 보여준 모습은 솔직히 아쉬웠거든요.

—반면 건은 2년 차 징크스를 겪을 거란 우려를 단숨에 불식시켰고요.

—바로 그렇습니다. 건이 매리너스를 상대로 다시 한번 공격적인 투구를 이어갈 수 있다면, 오늘 경기는 어떻게 될지 장담하기 어려울 것 같습니다.

지난해 자이언츠의 타이 블랙과의 경기를 중계해서일까. 콕스 TV 중계진은 박건호에게 우호적이었다.

팬 투표 결과는 일방적이었지만 객관적으로 봤을 때 박건호가 오타니 쇼헤보다 못할 건 없다는 판단을 내린 것이다.

그러나 매리너스 타자들은 편파적인 언론 보도를 그대로 믿었다.

"공은 빠르지만 가볍다고 했으니까 이쯤이 좋겠지."

선두 타자로 나선 레오나르도 마틴이 포수 쪽에 가깝게 붙어 섰다.

박건호가 파드리스와의 경기에서 101mile/h(≒162.5km/h)을 던졌다는 소리는 들어 알고 있었지만 체감 구속은 그리 빠르지 않을 거라고 판단했다.

"빠른 공을 던지는 루키들은 뻔해. 초반에 삼진을 잡고 기세를 올리면 펄펄 날지만 초반이 꼬이면 스스로 덫에 빠져 헤어 나오질 못한다고. 그러니까 최대한 좋은 공만 쳐. 볼 같은 건 거들떠보지도 말고. 알았지?"

에드 마르티네즈 타격 코치도 박건호을 루키라고 평가절하

했다. 루키 시즌을 보냈으니 더 이상 루키는 아니지만 고작 1년 만에 루키가 베테랑이 될 수는 없다고 단호하게 말했다.

"자, 어디 한번 그 잘난 포심 패스트볼을 던져 보라고."

레오나르도 마틴이 자신만만한 얼굴로 방망이를 들어 올렸다.

그 순간, 박건호가 기다렸다는 듯이 초구를 내던졌다.

후앗!

박건호의 손끝을 빠져나간 공이 레오나르도 마틴의 몸 쪽을 파고들었다.

"어딜!"

레오나르도 마틴은 놓치지 않겠다며 방망이를 내돌렸다. 하지만.

퍼엉!

방망이가 허리를 빠져나오기도 전에 공은 먼저 홈 플레이트를 스쳐 지나가 버렸다.

"와우, 장난 아닌데?"

레오나르도 마틴이 타석에서 물러나며 혀를 내둘렀다. 그러고는 전광판으로 눈을 돌렸다.

느낌상 박건호가 파드리스전에 달성했다던 최고 구속에 준하는 숫자가 찍힐 것 같았다.

하지만 정작 전광판에 찍힌 숫자는.

'97마일이라고? 지금 장난해?'

레오나르도 마틴을 당혹스럽게 만들었다. 체감상 족히 100mile/h(≒160.9㎞/h)은 될 것 같았던 공이 고작 97mile/h(≒156.1㎞/h)이라니. 마치 누군가가 자신을 두고 장난이라도 치는 것만 같았다.

박건호의 구속에 당황한 건 레오나르도 마틴만이 아니었다.

—건, 초구에 97mile/h의 빠른 공을 레오나르도 마틴의 몸쪽에 집어넣습니다.

—빠른 공이긴 하지만…… 오늘은 97mile/h이네요.

—하하. 아직 실망하긴 이릅니다. 지난 경기에서도 경기 초반에는 이 정도 구속이 나왔으니까요.

—아직 몸이 덜 풀린 걸까요?

—그럴 가능성도 배제할 순 없겠죠.

—어쨌든 저는 건이 던지는 100mile/h의 빠른 공을 보고 싶습니다.

—그건 저도 마찬가지입니다.

콕스 TV 중계진도 기대에 못 미치는 박건호의 구속에 아쉬움을 토해냈다. 앞서 박건호의 포심 패스트볼이 오타니 쇼헤

못지않다고 잔뜩 띄워 놨는데 구속이 100mile/h에 못 미친다면 여러모로 곤란해질 수밖에 없었다.

하지만 박건호가 내던진 2구가 홈 플레이트 바깥쪽을 스쳐 지나 오스틴 번의 미트에 파묻히자 모든 우려는 깨끗이 사라졌다.

[100mile/h]

–와우, 건이 우리의 말을 들은 걸까요? 순식간에 구속을 3mile/h이나 끌어올립니다.

–앞선 97mile/h의 포심 패스트볼은 아마도 초구였기 때문에 조금 신중히 던졌던 것 같습니다.

–반면 레오나르도 마틴. 이번에는 방망이를 내밀지조차 못했는데요.

–몸 쪽에서 바깥쪽으로 도망치듯 날아든 공이니까요. 타이밍을 놓쳐서 그대로 볼이 되기를 바랐을지도 모르는 일이겠습니다.

–볼카운트가 건에게 절대적으로 유리해졌습니다.

–3구째 승부를 걸 것인가가 관건인데요.

–작년의 건이라면 유인구를 던졌겠지만 지난 파드리스전의 건이라면 빠른 승부가 예상됩니다.

—저 역시 같은 생각입니다. 어쩌면 또다시 빠른 공으로 레오나르도 마틴의 스윙을 이끌어낼지도 모르겠습니다.

콕스 TV 중계진이 기대감을 부풀렸다. 다저스 스타디움에 모인 관중도 박건호의 첫 삼진을 바라며 마운드에 시선을 고정했다.

"후우……."

마운드에 선 박건호는 손에 묻은 로진가루를 길게 불어냈다. 그리고 여유로운 얼굴로 레오나르도 마틴을 바라봤다.

"크윽!"

레오나르도 마틴이 신음을 흘렸다. 대기 타석에 서서 박건호의 연습 투구를 지켜볼 때까지만 해도 레오나르도 마틴은 자신만만하게 방망이를 휘돌렸다.

하지만 투 스트라이크에 몰린 지금은 달랐다. 삼진을 면하기 위해서라도 박건호의 공을 철저하게 골라야 했다.

'또 빠른 공이 들어올까? 아니야. 유인구, 유인구 하나 정도는 던질 가능성이 높아.'

레오나르도 마틴은 일단 3구 연속 포심 패스트볼이라는 최악의 시나리오는 머릿속에서 지워 버렸다.

빠르다고 생각했던 초구에는 헛스윙을 했고 더 빨라진 2구는 감히 방망이를 내밀지조차 못했다. 여기서 3구째 또다시 포심 패스트볼이 들어온다면 대처할 방법이 없었다.

'유인구. 유인구가 들어와야 해.'

한참 만에 타석에 들어서며 레오나르도 마틴이 간절히 빌었다.

느린 커브, 혹은 체인지업.

어느 쪽이든 상관없으니 스트라이크존을 벗어나 주길 바랐다.

그런 레오나르도 마틴의 기도는 반만 이루어졌다.

후앗!

박건호의 손끝을 빠져나온 공이 곧장 레오나르도 마틴의 몸 쪽을 파고들었다.

포심 패스트볼.

'젠장할!'

포심 패스트볼만 아니길 바랐던 레오나르도 마틴의 얼굴이 와락 일그러졌다. 그러면서도 어쩔 수 없다며 빠르게 방망이를 내돌렸다.

후웅!

번개처럼 허리춤을 빠져나온 방망이가 홈 플레이트를 훑으며 앞으로 나아갔다.

하지만 박건호가 내던진 공은 그보다 한발 앞서서 홈 플레이트 위를 스쳐 지나가 버렸다.

퍼엉!

묵직한 포구 소리가 레오나르도 마틴의 귓가에 울려 퍼졌다.

"크아아!"

시원하게 헛스윙을 한 레오나르도 마틴이 악을 내질렀다.

마지막 순간 공이 스트라이크존을 벗어났다는 걸 알아챘기 때문이다.

—와우, 건! 몸 쪽 하이 패스트볼을 던져 레오나르도 마틴을 삼진으로 잡아냅니다.

—정말 탄성이 절로 나오네요. 레오나르도 마틴은 빠른 공에 상당히 강한 타자인데요. 99mile/h(≒159.3km/h)의 빠른 공에 전혀 타이밍을 맞추지 못했습니다.

—코스는 볼이었는데요. 스트라이크존에서 공 두 개 정도 높이 들어갔습니다.

—하지만 레오나르도 마틴의 눈에는 스트라이크로 보였을 겁니다. 볼카운트도 나빴고 앞서 본 두 개의 포심 패스트볼에 대한 잔상도 남아 있었을 테니까요.

—어쨌든 건, 까다로운 선두 타자 레오나르도 마틴을 3구 삼진으로 돌려세우며 첫 번째 아웃 카운트를 만들어냅니다.

레오나르도 마틴이 물러가고 타석에 2번 타자 기에르모 에레라가 들어왔다. 쿠바 대표 팀 출신이지만 의외로 공격력에서 이렇다 할 강점을 보이지 못하고 있었다.

'이 녀석은 약점이 뚜렷하니까…….'

오스틴 번은 초구에 보란 듯이 커브 사인을 냈다.

코스는 한복판.

앞서 3연속 포심 패스트볼로 레오나르도 마틴을 잡아낸 걸 봤을 테니 느린 공에 전혀 대응하지 못할 거라고 판단했다.

'좋아.'

박건호도 군말 없이 고개를 끄덕였다. 그러고는 마치 포심 패스트볼을 던지듯 오스틴 번의 미트를 향해 힘차게 공을 내던졌다.

후앗!

박건호의 손을 빠져나간 공이 큰 포물선을 그리며 날아들었다.

"젠장!"

반사적으로 방망이를 내돌렸던 기에르모 에레라가 다급히 허리를 멈춰 세우려 했다.

하지만 이미 가속이 붙어버린 방망이를 붙들기란 말처럼 간단한 일이 아니었다.

따악!

어정쩡하게 돌아간 방망이 끝으로 뚝 떨어진 공이 와서 부딪쳤다.

그리고 타구는 데굴데굴 마운드 쪽으로 굴러갔다.

"내가 잡을게!"

박건호가 서둘러 자세를 바로잡고 마운드 앞쪽으로 내려갔다.

뛰어봐야 소용없다고 판단했는지 기에르모 에레라는 서두르지 않았다.

덕분에 박건호도 느긋하게 포구를 마치고 1루수 에이든 곤잘레스에게 송구할 수 있었다.

"이제 하나 남았다."

박건호는 마운드 뒤쪽으로 내려가 느긋하게 로진백을 주물렀다.

매리너스가 아메리칸 리그 서부 지구 팀들 중 가장 화끈한 장타력을 보유한 팀이라 제법 걱정이 많았는데 두 개의 아웃카운트를 잡아내고 보니 충분히 잡아낼 수 있다는 자신감이 차올랐다.

그사이 3번 타자 로빈슨 카누가 좌타석에 들어왔다.

'자, 건. 이제부터 집중해. 중심 타선이야.'

오스틴 번이 가볍게 미트를 두드렸다.

레오나르도 마틴-기에르모 에레라로 이어지는 쿠바산 테

이블 세터도 까다롭긴 했지만 매리너스의 진짜 힘은 로빈슨 카누부터 시작되는 중심 타선에 있었다.

2016년 39개의 타구를 담장 밖으로 넘기며 화려하게 부활한 로빈슨 카누는 지난해에도 36개의 홈런포를 쏘아내며 10년 계약(총액 2억 4천만 달러)을 받아준 매리너스의 선택이 틀리지 않았다는 걸 실력으로 입증해 냈다.

그리고 올해도 벌써 3개의 홈런을 때려내며 아메리칸 리그 홈런 부분 공동 1위에 올라 있었다.

게다가 로빈슨 카누는 패스트볼 계열에 상당히 강했다. 패스트볼이라면 코스를 불문하고 적극적으로 공략해 냈다.

그렇다고 변화구 계열에 약점을 보이지도 않았다. 메이저리그 14년 차 선수답게 노림수도 좋아 상대하기가 여간 까다로운 게 아니었다.

만약 박건호의 포심 패스트볼 구속이 작년처럼 평균 95mile/h(≒152.9km/h) 수준에 머물렀다면 오스틴 번의 머릿속도 복잡해졌을 것이다.

하지만 고작 1년 만에 구속을 대폭 끌어올린 박건호에 대한 신뢰일까.

'초구는 여기로!'

오스틴 번이 시작부터 포심 패스트볼 사인을 냈다.

코스는 몸 쪽 높은 곳.

데이터 상 로빈슨 카누가 3할 이상의 타율을 기록하는 코스였다.

'빠른 공, 빠른 공이 올 거야.'

로빈슨 카누도 속으로 패스트볼을 예상했다.

레오나르도 마틴을 상대할 때와 기에르모 에레라를 상대할 때의 볼 배합에 차이가 있긴 했지만 앞서 던졌던 포심 패스트볼의 위력으로 봤을 때 포심 패스트볼의 비중을 높일 게 확실해 보였다.

"후우……."

사인을 확인한 박건호도 길게 숨을 내쉬었다.

빠른 공에 강한 로빈슨 카누라면 분명 포심 패스트볼에 대응하고 있을 가능성은 높았다.

하지만 그렇다고 해서 로빈슨 카누가 모든 패스트볼을 전부 안타로 만들어낼 수 있는 건 아니었다.

'타율이 3할이라면 죽을 확률은 7할이야. 자신감을 가지고 던지면 이길 수 있어.'

박건호가 단단히 공을 움켜쥐었다. 그러고는 오스틴 번의 미트를 향해 있는 힘껏 공을 내던졌다.

후앗!

박건호의 손끝을 빠져나간 공이 곧장 로빈슨 카누의 몸 쪽으로 붙어 들어왔다.

'걸렸다!'

로빈슨 카누는 기다렸다는 듯이 방망이를 내돌렸다.

앞서 레오나르도 마틴에게 던졌던 100mile/h(≒160.9km/h)의 빠른 공을 의식한 듯 평소보다 반 박자 빠르게 허리를 움직였다.

하지만.

'빠르다!'

로빈슨 카누가 생각했던 것보다 공은 더 빨리 홈 플레이트 앞에 도달했다.

"크아아악!"

로빈슨 카누가 악을 내지르며 공을 맞혀보려 노력했지만 소용없었다. 로빈슨 카누의 스윙 궤적 위쪽을 꿰뚫은 공은.

퍼엉!

오스틴 번의 미트 속에 정확하게 빨려들어 갔다.

"젠장!"

평소였다면 절대 놓치지 않았을 공을 놓쳐 버린 로빈슨 카누가 욕지거리를 내뱉었다.

바로 그때 전광판에 구속이 떠올랐다.

[99mile/h(≒159.3km/h)]

로빈슨 카누가 느꼈던 체감 구속과는 동떨어진 숫자였다.

"이게 겨우 99mile/h이라고?"

로빈슨 카누가 미간을 찌푸렸다.

느낌상 박건호가 지난 파드리스전에 기록했다던 101mile/h보다 더 빠른 공이 들어온 것 같은데 전광판에 찍힌 구속은 그보다 3mile/h이나 낮았다.

"뭐가 어떻게 된 거야? 이 정도라고 이야기하진 않았잖아."

로빈슨 카누의 시선이 더그아웃 앞쪽에 서 있던 에드 마르티네즈 타격 코치에게 향했다.

그러자 에드 마르티네즈 코치가 냉큼 시선을 피하더니 팀 보거트 벤치 코치에게 다가갔다.

"팀, 아무래도 건에 대한 자료가 잘못된 것 같습니다."

"잘못됐다니?"

"생각 이상으로 공이 빨라요. 지난 파드리스전 데이터, 추가가 안 된 걸까요?"

"그럴 리가 있겠어? 다만 한 경기에 불과하니 크게 의미를 두지 않은 거겠지."

전략 분석은 기본적으로 최신 데이터를 중요시한다.

하지만 지난 시즌 내내 평균 96mile/h(≒154.5km/h) 정도의 포심 패스트볼을 던지던 투수가 어느 한 경기에서 평균 99mile/h(≒159.3km/h)의 포심 패스트볼을 던졌다면, 96mile/h

에 가중치를 둘 수밖에 없었다.

“이런 식이면 오늘 경기 고전할 겁니다. 방법을 찾아야 해요.”

에드 마르티네즈 코치가 한숨을 내쉬었다.

평균 96mile/h대의 투수가 가끔 100mile/h을 던지는 것과 평균 99mile/h대의 투수는 느낌부터가 달랐다.

당연히 공략법도 달라질 수밖에 없었다.

하지만 팀 보거트 코치는 쉽지 않을 거라며 고개를 흔들어 댔다.

“일단은 타자들의 눈에 포심 패스트볼이 익숙해지길 기다리는 수밖에 없어. 그전까지 오타니 쇼헤가 버텨주기만을 바라야겠지.”

팀 보거트 코치가 고개를 돌려 더그아웃 앞쪽을 바라봤다.

그곳에는 오타니 쇼헤가 방망이를 집어 들고 자신의 타석이 돌아오기를 기다리고 있었다.

2사 이후라 하더라도 3번 타자 로빈슨 카누가 출루에 성공한다면 분위기상 득점 기회가 만들어질 가능성이 높았다.

그때 타석에 들어가 팀의 첫 타점을 올리겠다는 게 오타니 쇼헤의 계산이었다.

하지만.

퍼엉!

초구에 이어 2구에도 로빈슨 카누가 헛스윙을 하자 오타니 쇼헤의 표정이 와락 일그러졌다.

"3번 타자가 고작 100mile/h짜리 공을 놓치면 어쩌자는 거야!"

오타니 쇼헤가 일본어로 중얼거렸다.

그러자 근처에 서 있던 통역의 얼굴에 당혹감이 번졌다.

"왜 그래? 오타니가 무슨 말을 한 거야?"

멜 스코틀마이어 투수 코치가 통역에게 물었다.

하지만 통역 이치노베는 오타니 쇼헤의 말을 그대로 전할 수가 없었다.

"제발 한 방 때려줘, 뭐 이런 말이었습니다."

"그래?"

"아무래도 원정 경기다 보니 분위기를 걱정하는 모양입니다."

이치노베는 매리너스가 고용한 통역이 아니었다.

매리너스가 구한 통역을 거부한 오타니 쇼헤에게 직접 고용된 입장이었다. 그렇다 보니 오타니 쇼헤에게 피해가 갈 만한 말은 전해서도 안 되고 전할수도 없었다.

"확실히 오타니는 투쟁심이 좋군그래."

다행히도 멜 스코틀마이어 코치는 오타니 쇼헤의 모든 것을 긍정적으로 받아들였다.

현 일본을 대표하는 에이스 투수이자 장차 매리너스를 넘어 메이저리그를 대표하는 선수로 성장할 오타니 쇼헤가 설마 팀의 주전 타자를 자국어로 몰래 험담하거나 불만을 늘어놓을 것이라고는 생각지 않았다.

그러나 오타니 쇼헤는 로빈슨 카누가 101mile/h의 포심 패스트볼을 바라만 보다 3구 삼진으로 물러나자 보란 듯이 욕지거리를 내뱉었다.

“젠장! 멍청이! 대체 타석에서 뭘 하고 있는 거야? 저런 공도 때려내지 못하면서 연간 2,400만 달러나 처받다니! 단장이 미친 게 분명하다고!”

오타니 쇼헤가 신경질적으로 방망이를 보관함 속에 꽂아 넣었다.

그 과정에서 다른 선수들의 시선이 몰려들었지만 오타니 쇼헤는 눈길조차 주지 않았다.

“이, 이해해 주세요. 아무래도 건이 한국 투수다 보니 분한 모양입니다.”

이치노베가 다급히 나서서 오타니 쇼헤의 행동을 대신 해명했다.

오타니 쇼헤가 일본의 에이스이고 어마어마한 몸값을 받고 매리너스에 입단했다 하더라도 이곳은 메이저리그였다. 실력만큼이나 자존심이 강한 선수들과 척을 져 봐야 좋을 건 하나도 없었다.

이치노베의 발 빠른 대처 덕분에 오타니 쇼헤의 짜증은 자그마한 소란으로 끝나 버렸다.

그러나 모든 선수가 이치노베의 변명을 믿어주는 것은 아니었다.

"일본하고 한국하고 그 정도로 사이가 나쁜 거야?"

본의 아니게 선발 라인업에서 제외가 된 넬슨 크로스가 이치노베를 바라봤다.

"아무래도 바다를 사이에 두고 마주 보고 있다 보니 라이벌 의식이 심한 편이죠."

이치노베가 간략하게 대답했다.

한일 양국의 감정은 과거사를 전부 꺼내야만 이해가 가능했지만 그렇다고 메이저리그 선수를 앞에 두고 역사 수업을 할 수는 없는 노릇이었다.

그러나 넬슨 크로스가 하고 싶은 말은 따로 있었다.

"그래도 점수를 뽑아내지 못했다고 타자들을 원망하는 건 곤란해. 건은 작년에 내셔널 리그 신인상을 수상했다고."

레오나르도 마틴이 공 한 번 맞혀보지 못하고 3구 삼진으로 물러난 순간부터 넬슨 크로스는 오늘 경기가 쉽지 않을 거라고 예상했다.

그리고 그 예상은 로빈슨 카누마저 3구 삼진으로 물러나면서 현실이 됐다.

적어도 포심 패스트볼 공략에 있어서는 매리너스 최고라는 평가를 받는 로빈슨 카누가 그야말로 압도를 당했다.

이 분위기가 계속 이어진다면 적어도 타순이 두 바퀴 이상 돌기 전까지 박건호를 공략하는 건 불가능할 것 같았다.

그렇다면 선발 투수인 오타니 쇼헤가 박건호와 균형을 맞춰줘야 했다.

명색이 매리너스의 차기 에이스라면 타자들의 부진을 힐난할 게 아니라 책임감을 가지고 빼앗긴 분위기를 되찾아오려 노력해야 했다.

"오타니가 타자들에게 화를 낸 건 절대 아닙니다. 정말입니다."

이치노베는 마지막까지 오타니 쇼헤를 두둔했다. 그러면서 오타니 쇼헤가 박건호에게 지는 일은 없을 것이라고 단언했다.

"구속과 구위 그리고 경험까지 건은 오타니의 적수가 못 됩니다. 그러니까 마음 편히 지켜봐 주십시오."

비록 야구 전문가는 아니지만 이치노베도 오타니 쇼헤라는 투수의 위상 정도는 확실히 알고 있었다.

일본에서의 입지는 말할 필요조차 없었다.

메이저리그에서의 기대치도 몸값만 보면 알 수 있었다.

포스팅 비용을 포함해 자그마치 2억 달러다. 연 평균으로 따지면 3,300만 달러가 넘었다.

메이저리그에서 공 하나 던지지 않은 투수가 2억 달러의 계약을 맺었다. 그건 오타니 쇼헤의 실력에 대한 확신이 없지 않고서야 불가능한 일이었다.

'오타니, 건 따위는 잊어버리고 일본 최고의 선수다운 피칭을 보여주세요.'

이치노베의 시선이 오타니 쇼헤가 밟고 있는 마운드로 향했다.

그 순간.

촤라라랏!

오타니 쇼헤가 기다렸다는 듯이 투구판을 박차고 앞으로 나갔다.

후앗!

오타니 쇼헤의 손끝을 빠져나간 공이 곧장 1번 타자 앤드 토레스의 얼굴 쪽으로 날아들었다.

"윽!"

앤드 토레스가 깜짝 놀라며 몸을 비틀었다. 그사이 쭉 뻗어 오른 공이 포수 마이클 주니노의 미트에 파묻혔다.

퍼엉!

묵직한 포구 소리가 경기장에 울려 퍼졌다.

뒤이어 전광판에 찍힌 숫자가 박건호의 호투로 달아올랐던 다저스 스타디움을 웅성거리게 만들었다.

[103mile/h(≒165.8㎞/h)]

데뷔전 때 단 한 차례도 기록한 적이 없던 구속이 초구에 터져 나왔다.

"와우."

전광판을 살핀 앤드 토레스가 혀를 내둘렀다.

100mile/h도 어마어마한데 무려 103mile/h이다. 그런 공이 마치 빈볼처럼 날아들었으니 잔상이 오래 남을 수밖에 없었다.

오타니 쇼헤-마이클 주니노 배터리는 그 점을 역으로 이용했다.

퍼엉!

2구째 날아든 느린 커브가 바깥쪽 스트라이크존을 아슬아슬하게 파고들었다.

앤드 토레스가 반사적으로 어깨를 움찔거렸지만 차마 방망이를 내밀지는 못했다.

따악!

3구째 몸 쪽을 파고든 체인지업은 파울로 걷어냈다. 포심 패스트볼에 대응해 반응하다 보니 마지막 순간에 뚝 떨어진 체인지업을 제대로 된 타이밍에 공략하기가 쉽지 않았다.

투 스트라이크 원 볼.

투수에게 유리한 볼카운트에서 오타니 쇼헤가 꺼내든 건 역시나 포심 패스트볼이었다.

후앗!

오타니 쇼헤의 손끝을 빠져나간 공이 바깥쪽 코스로 날아들었다. 공의 궤적이 다소 높았지만 볼카운트가 몰린 앤드 토레스의 눈에는 스트라이크존을 통과할 것처럼 보였다.

“어딜!”

앤드 토레스는 반사적으로 방망이를 내돌렸다.

그러나 공은 앤드 토레스의 방망이 위를 스쳐 지난 뒤 그대로 마이클 주니노의 미트에 처박혔다.

“스트라이크, 아웃!”

구심이 요란스럽게 오른팔을 내돌렸다.

28장
슈퍼 루키 vs 괴물 신인(2)

-오타니 쇼헤! 선두 타자 앤드 토레스를 삼진으로 돌려세웁니다.

-전광판에 103mile/h(≒165.8㎞/h)이 찍혔는데요. 마치 건과 강속구 경쟁을 하는 것 같은 느낌이 듭니다.

-건은 레오나르도 마틴과 로빈슨 카누에게 삼진을 빼앗았는데요. 오타니 쇼헤는 1회에 몇 개의 삼진을 잡아낼 수 있을지 지켜보겠습니다.

경기가 원하는 방향대로 흐르자 콕스 TV 중계진은 즐거움을 감추지 않았다.

현재 메이저리그에서 가장 뜨거운 이슈인 박건호와 오타니 쇼헤가 나란히 100mile/h이 넘는 강속구 대결을 펼쳐서 삼진 퍼레이드를 이어간다면 전국적으로도 높은 시청률을 올릴 수 있을 것 같았다.

“다저스도 별거 아니잖아.”

앤드 토레스를 삼진으로 돌려세운 오타니 쇼헤도 기세를 올렸다.

“스트라이크 아웃!”

2번 타자 저스트 터너를 5구째 삼진으로 돌려세우더니.

따악!

3번 타자 코일 시거에게는 커터에 가까운 몸 쪽 슬라이더를 붙여 2루 땅볼을 유도해 냈다.

아웃 카운트 세 개를 잡아내기 위해 오타니 쇼헤가 던진 공은 단 13개.

“오늘은 오타니 쇼헤의 제구가 안정적인데요?”

“흠……. 이거 경기가 길어질지도 모르겠습니다.”

다저스 벤치의 표정도 자연스럽게 굳어졌다.

지난 데뷔전 때처럼 오타니 쇼헤의 제구가 흔들리길 기대했는데 실투는커녕 스트라이크존을 크게 벗어나는 공조차 없으니 점수를 뽑아내기가 쉽지 않을 것 같았다.

“어떠냐, 애송이.”

마운드를 내려가며 오타니 쇼헤가 박건호 쪽을 노려보

았다.

투구 수가 조금 많긴 했지만 박건호보다 더 빠른 공을 던져 다저스 타자들을 윽박질렀으니 박건호도 적잖게 동요할 것이라 여겼다.

그러나 박건호는 오스틴 번과 농담을 주고받으며 더그아웃을 나섰다. 그 모습이 마치 오타니 쇼헤의 호투에는 별 관심이 없는 것처럼 보였다.

물론 박건호도 오타니 쇼헤의 투구를 더그아웃에서 똑똑히 지켜보았다.

오타니 쇼헤가 100mile/h이 넘는 공을 내던지며 앤드 토레스와 저스트 터너를 삼진으로 돌려세우는 모습도 놓치지 않았다.

하지만 콕스 TV 해설진이 극찬할 만큼의 압도적인 무언가는 느껴지지 않았다.

슬레이튼 커쇼를 비롯해 메이저리그를 대표하는 에이스들이 가지고 있는 그 무언가를 오타니 쇼헤는 아직 보여주지 못하는 것 같았다.

'100mile/h이 넘는 공을 던지면서 홈런도 뻥뻥 때려내니까 야구가 쉬워 보일지도 모르지. 하지만 말야. 여긴 메이저리그야. 곱상한 외모까지 실력에 포함시켜주는 일본과는 다르다고.'

박건호는 오히려 홀가분해졌다.

오타니 쇼헤가 자신이 어찌해 볼 수 없는 수준의 투수면 어쩌나 싶었는데 다행히도 손을 뻗으면 충분히 닿을 수 있는 곳에 머물러 있는 것 같았다.

그렇다면 이제부터는 오타니 쇼헤를 추격하는 일만이 남았다.

"아까 103mile/h까지 던졌지? 좋아."

박건호가 단단히 투구판을 밟았다.

그러자 타석에 들어섰던 4번 타자 카인 시거가 냉큼 타임을 부르고 타석을 벗어났다.

"뭐야, 저 자식. 나한테 뭘 던지려는 거지?"

카인 시거는 자신만만한 박건호의 표정이 마음에 들지 않았다. 느낌상 초구부터 몸 쪽 위협구가 날아들 것만 같았다.

'코일하고 친하다더니 설마 저 자식이 날 골탕 먹이라고 부탁한 건 아니겠지?'

카인 시거의 시선이 동생 코일 시거에게 향했다.

코일 시거보다 한발 앞서 4번 타자 자리를 꿰차서일까.

가끔 통화할 때마다 코일 시거는 빈볼 조심하라며 으름장을 놓았다.

'너무 붙진 말자.'

카인 시거가 평소보다 반 발자국 뒤쪽으로 타격 위치를 잡았다. 자연스럽게 바깥쪽이 멀어졌다. 그 틈을 오스틴 번은 놓치지 않았다.

'초구는 바깥쪽으로.'

오스틴 번의 사인이 떨어지자 박건호는 군말 없이 투구 동작에 들어갔다.

후웃!

박건호의 손가락을 빠져나간 공이 눈 깜짝할 사이에 홈 플레이트를 가로질렀다. 그러고는 오스틴 번의 미트에 무겁게 파묻혔다.

퍼엉!

대기 타석에서 들었던 것보다 훨씬 위압적인 포구 소리에 카인 시거가 도망치듯 타석에서 벗어났다.

다행히 빈볼성 공은 날아들지 않았지만 카인 시거의 얼굴은 딱딱하게 굳어 있었다.

올해로 메이저리그에서 8년을 버티며 수많은 좌완 투수를 만나 왔지만 이번 공처럼 때려낼 엄두조차 타지 않는 공은 처음이었다.

'대체 뭘 던진 거야?'

카인 시거의 시선이 전광판으로 향했다. 그곳에는 102mile/h(≒164.2km/h)이라는 구속이 선명하게 찍혀 있었다.

"허……!"

구속을 확인한 카인 시거는 그저 헛웃음만 났다.

최고 구속 106mile/h(≒170.6㎞/h)을 던지는 양키즈의 마무리 투수 아롤디르 채프먼도 상대해 봤지만 박건호의 포심 패스트볼이 그보다 훨씬 더 빠를 것 같았다.

'106mile/h같은 102mile/h이야. 그렇다면…….'

카인 시거는 한참 만에 타석에 복귀했다. 그리고 평소보다 조금 더 포수 쪽으로 타격 위치를 변경했다.

"이봐, 카인. 너무 가깝잖아."

오스틴 번이 카인 시거를 바라보며 불만을 터뜨렸다.

하지만 카인 시거는 눈 하나 까딱하지 않았다.

타격 시 스텝을 내딛기 때문에 스윙에 오스틴 번이 얻어맞을 가능성은 없었다.

그저 자신의 의도를 읽은 오스틴 번이 견제하기 위해 일부러 말을 거는 것이라 여겼다.

하지만 오스틴 번은 카인 시거의 대응에 그리 큰 점수를 줄 생각이 없었다.

'고작 그 정도 뒤로 물러난다고 해서 건의 공을 때릴 수 있는 게 아니라고.'

타자와 투수의 거리가 멀수록 투수의 패스트볼을 때려내기 수월한 건 사실이었다. 그래서 투수들도 릴리스 포인트를 최대한 앞쪽에 두어 그 거리를 좁히려 노력했다.

만약 작년의 박건호였다면 타석에서 십여 ㎝ 뒤로 물러난 것만으로도 패스트볼의 타이밍을 맞추는 데 도움을 받을 수 있었을 것이다.

하지만 지금 마운드에 서 있는 박건호에게는 어림없었다. 한국에서 밸런스를 완벽하게 맞추고 돌아오면서 구속은 물론이고 무브먼트까지 눈에 띄게 좋아졌기 때문이다.

게다가 아직 몸 쪽 포심 패스트볼은 보여주지도 않았다.

투구 궤적상 사선으로 날아드는 바깥쪽 공에 비해 좌타자의 몸 쪽을 파고드는 공이 더 빠르게 다가올 수밖에 없었다.

'자, 어디 쳐 보라고.'

오스틴 번이 2구째 몸 쪽 포심 패스트볼 사인을 냈다.

코스는 무릎 앞.

지난 파드리스전에서 수많은 전문가를 감탄하게 만들었던, 내리꽂는 듯한 포심 패스트볼을 주문한 것이다.

"후우……."

사인을 확인한 박건호가 길게 숨을 골랐다.

초구로 기선 제압에 성공했다 하더라도 매리너스의 4번 타자다.

게다가 코일 시거의 형이었다. 코일 시거의 재능을 감안했을 때 카인 시거를 우습게 봤다간 큰코다칠 수 있었다.

하지만 그렇다고 해서 오스틴 번의 사인에 고개를 내젓고 싶진 않았다.

작년이었다면 오스틴 번도 중심 타선을 상대로 포심 패스트볼을 연달아 요구하지 않았을 것이다. 허를 찌르는 볼 배합이 필요한 경우를 제외하고 다양한 구종으로 타자들의 타이밍을 빼앗자고 제안했을 것이다.

그러나 오스틴 번은 1회에 이어 2회에도 포심 패스트볼 위주로 사인을 내고 있었다.

'그만큼 내 포심 패스트볼이 좋다는 소리겠지.'

박건호가 단단히 고개를 끄덕였다. 그리고 오스틴 번의 미트를 향해 있는 힘껏 공을 내던졌다.

후앗!

박건호의 손끝을 빠져나간 공이 곧장 카인 시거의 몸 쪽으로 파고들었다.

순간 오스틴 번의 눈동자가 커졌다.

'높아! 어깨에 너무 힘이 들어갔어.'

오스틴 번이 요구했던 건 지면에 낮게 깔리듯 파고드는 공이었다. 하지만 박건호가 던진 공은 무릎 높이가 아니라 거의 벨트 높이로 날아오고 있었다.

'왔다!'

카인 시거도 망설이지 않고 방망이를 내돌렸다. 몸 쪽 벨트 높이로 들어오는 빠른 공은 한 방 능력이 있는 타자들이라면 누구나 좋아하는 코스였다.

하지만.

딱.

공은 카인 시거의 예상보다 빠르게 홈 플레이트를 스쳐 지났다. 카인 시거가 방망이로 건드리는 데까지는 성공했지만.

퍼엉!

공은 그대로 오스틴 번의 미트 속으로 빨려 들어가 버렸다.

"제길!"

카인 시거가 타석을 벗어나며 욕지거리를 내뱉었다.

타이밍이 조금만 더 빨랐더라도 잡을 수 있었을 텐데.

딱 치기 좋은 위치로 날아든 공을 놓쳤다는 게 그저 아쉽기만 했다.

그러나 오스틴 번은 속으로 코웃음을 쳤다.

'웃기는군.'

카인 시거는 102mile/h의 초구에 방망이조차 내밀지 못했다. 그리고 2구째 실투에 가까운 99mile/h(≒159.3km/h)의 포심 패스트볼에도 반응이 늦었다. 그런데 저렇듯 아쉬워하다니.

모르는 사람들이 봤다면 정말 아슬아슬한 파울 홈런이라도 때려낸 거라 착각할 것 같았다.

박건호의 구속이 갑자기 떨어지지 않는 이상 오늘 경기에서 카인 시거가 박건호의 포심 패스트볼을 때려낼 가능성은 거의 없어 보였다.

그래서일까.

오스틴 번은 당초 바깥쪽 투심 패스트볼로 마무리 짓겠다는 계획을 바꿔 박건호에게 새로운 사인을 냈다.

첫 번째 수신호는 손가락 두 개.

두 번째 수신호도 손가락 두 개.

세 번째 수신호는 엄지손가락.

'바깥쪽 커브.'

사인을 확인한 박건호가 슬쩍 입가를 비틀어 올렸다.

2구를 살짝 건드렸다고 흥분을 감추지 못하고 있는 카인 시거를 상대로 느린 커브를 던진다면?

그야말로 볼 만할 것 같았다.

'어디 코일이 그토록 자랑하던 형의 실력 좀 볼까?'

잠시 호흡을 고른 뒤 박건호가 오스틴 번의 미트를 향해 힘차게 공을 내던졌다.

후앗!

박건호의 손을 빠져나간 공이 큰 포물선을 그리며 날아들었다.

그 순간.

'제길!'

반사적으로 테이크백에 들어갔던 카인 시거의 얼굴이 와락 일그러졌다.

포심 패스트볼에 초점을 맞춰 모든 걸 준비하고 있었는데 가장 느린 커브 볼이 날아들고 있으니 어찌 대처해야 할지 판단이 서질 않았다.

최선은 어떻게든 방망이를 내밀어 공을 건드리기라도 하는 것이었다.

하지만 통산 타율이 0.268에 불과한 카인 시거의 정확도는 동생 코일 시거를 따라가지 못했다.

'빠져라. 제발!'

방망이를 내돌릴 타이밍까지 놓치고 만 카인 시거가 할 수 있는 일이라고는 커브볼이 스트라이크존을 벗어나길 기도하는 것뿐이었다.

하지만 한복판을 지나 바깥쪽으로 흘러 나가던 공을 오스틴 번이 정확하게 스트라이크존 안으로 밀어 넣으면서 카인 시거의 희망도 수포로 돌아가고 말았다.

"스트라이크, 아웃!"

구심의 삼진 콜이 요란스럽게 울렸다.

그와 동시에 다저스 스타디움 곳곳에서 박건호를 향한 찬사가 터져 나왔다.

"건! 거어어어언!"

"그래! 그래! 바로 그거야! 잘했어, 건!"

팬들의 함성 소리가 다저스 스타디움을 떠들썩하게 만들었다.

그러자 대기 타석에 서 있던 오타니 쇼헤가 질근 입술을 깨물었다.

"도대체가 도움이 되는 놈들이 하나도 없어. 후우……. 어쩔 수 없지. 내가 해결하는 수밖에."

오타니 쇼헤가 당당히 타석으로 들어섰다. 그러자 소란스럽던 다저스 스타디움이 일시에 조용하게 변했다.

—드디어 그토록 바라던 대결이 시작됩니다.

—오타니 쇼헤. 타격에서도 재능이 있는 선수인데요.

—오타니 쇼헤가 타자로 전향할 경우 연평균 40홈런도 가능하다는 전문가들의 의견이 많습니다.

—투수와 타자를 병행하면서도 일본에서 2년 연속 20홈런 이상을 때려냈으니까요.

—물론 일본에서의 기록을 메이저리그에 곧바로 대입하는 건 어려운 일입니다. 하지만 오타니 쇼헤가 한 방 능력을 갖추고 있는 타자라는 건 부정하기 어려운 사실이죠.

—과연 건이 5번 타순에 이름을 올린 오타니 쇼헤를 어떻게 상대할지 기대가 됩니다.

콕스 TV 중계진도 기대감을 높였다.

오타니 쇼헤는 일본에 이어 메이저리그에서도 투타 겸업을 선언한 상황이었다. 그리고 일찌감치 메이저리그 데뷔 홈런까지 때려냈다.

넬슨 크로스의 부재로 5번 타순을 꿰찬 오타니 쇼헤가 여기서 존재감을 보여줘야만 오늘 경기가 언론들의 예상대로 흘러갈 수 있었다.

반대로 오타니 쇼헤가 로빈슨 카누나 카인 시거처럼 삼진을 당한다면 오늘 경기는 한 치 앞을 내다볼 수 없는 미궁 속으로 빠져들 가능성이 높았다.

훙! 후웅!

타석에 들어서기 직전 오타니 쇼헤가 보란 듯이 방망이를 내돌렸다.

193㎝, 98㎏.

아시아의 기준에서 봤을 때 오타니 쇼헤는 상당한 거구였다.

메이저리그 진출을 위해 체중을 5㎏ 이상 늘린 오타니 쇼헤는 예전에 비해 확실히 다부진 느낌이었다.

만약 박건호가 일본 리그에서 오타니 쇼헤를 만났다면 오타니 쇼헤의 덩치에 적지 않은 위압감을 느꼈을 것이다.

하지만 그보다 더 큰 거구가 즐비한 메이저리그 무대여서

일까.

"마운드에 서 있을 때보단 확실히 작아졌네."

박건호가 피식 웃었다. 그러고는 여유롭게 로진백을 주물렀다.

'좋아, 건. 이 녀석 신경 쓸 거 하나 없어.'

오스틴 번도 가볍게 미트를 두드렸다.

언론에서 대단한 강타자라도 되는 것처럼 띄워주고 있다지만 실제 오타니 쇼헤의 타격 성적은 5번 타순에 어울리지 않았다.

19타수 4안타. 사사구 1개. 삼진 7개.

타율 0.211. 출루율은 0.250에 그쳤다.

그나마 오타니 쇼헤게 내세울 만한 건 장타율이었다.

홈런 하나. 2루타 2개를 때려내며 장타율을 0.474까지 끌어올렸다.

그렇다 하더라도 OPS는 0.724에 불과했다.

한 방 능력은 갖췄지만 정확도는 부족한 공갈포.

혹은 아직까지 메이저리그에 적응하지 못하고 있는 미완의 대기.

어느 쪽이든 메이저리그에서 11승을 거두며 내셔널 리그 신인왕을 수상한 박건호가 겁을 먹을 필요는 없었다.

'자, 초구는 여기로.'

오스틴 번이 초구에 바깥쪽 투심 패스트볼을 요구했다. 오타니 쇼헤의 몸 쪽에 포심 패스트볼을 붙여 넣을까도 생각해 봤지만 고작 투수에게 초구부터 힘자랑을 할 필요는 없을 것 같았다.

사인을 확인한 박건호는 묵묵히 고개를 끄덕였다.

적어도 오타니 쇼헤를 상대하는 데 있어서만큼은 오스틴 번의 의견을 무조건 따르기로 약속한 상태였다.

'언론에서 거창하게 떠들고 있지만 넌 내가 상대해야 할 매리너스 타자들 중 하나일 뿐이야.'

박건호가 있는 힘껏 투구판을 박찼다.

촤라라랏!

길게 끌린 마운드에 뿌연 흙먼지가 일었다. 그 사이로 새하얀 공이 쏜살같이 빠져 나왔다.

후앗!

공은 순식간에 한복판을 지나 바깥쪽으로 향했다.

오타니 쇼헤의 눈에는 영락없는 볼로 느껴졌다.

'고작 이딴 공으로 날 유인하려 하다니!'

오타니 쇼헤가 질근 입술을 깨물며 타격을 포기했다. 그 순간, 도망치듯 빠져나갈 것 같았던 공이 방향을 비틀어 다시 홈플레이트 안 쪽으로 휘어져 들어왔다.

'투심!'

뒤늦게 공의 정체를 알아챈 오타니 쇼헤가 눈을 부릅떴다.

하지만 그때는 이미 오스틴 번이 정확하게 공을 움켜잡은 뒤였다.

"스트라이크!"

구심이 가볍게 오른팔을 들었다. 오타니 쇼헤가 어처구니없다는 눈으로 구심을 노려봤지만 소용없었다.

바깥쪽으로 빠질 듯 날아들다가 마지막 순간에 안쪽으로 파고드는 백도어성 공이었다. 이걸 볼로 판정한다면 바깥쪽 스트라이크존을 대폭 줄일 수밖에 없었다.

—건! 바깥쪽 공으로 스트라이크를 잡아냅니다.

—올 시즌 새롭게 던지고 있는 투심 패스트볼인데요. 백도어로 들어갔네요.

—오타니 쇼헤의 눈에는 빠져나가는 공으로 보였을 겁니다. 가뜩이나 공이 대각선으로 날아들었으니까요.

—확실히 좌타자에게 있어서 건의 바깥쪽 투심 패스트볼은 골치 아플 수밖에 없을 것 같습니다. 거의 포심 패스트볼처럼 보일 테니까요.

—다저스의 모렐 허샤이저 감독도 비슷한 말을 했습니다. 건의 투심 패스트볼이 완성된다면 지금보다 더 무서운 투수가 될 거라고요.

–건에게 투심 패스트볼을 가르친 게 바로 모렐 허샤이저 감독인데요.

–그렇지 않아도 그 부분에 대해 말을 하니까 모렐 허샤이저 감독이 껄껄 웃었습니다.

–뿌듯해서요?

–저도 그런 줄 알았습니다만 정작 모렐 허샤이저 감독은 자신이 가르친 건 아무것도 없다고 하더라고요. 건의 투심 패스트볼은 건의 투심 패스트볼이지 모렐 허샤이저의 투심 패스트볼이 아니라면서요.

–무슨 의미일까요?

–제 생각에는 건의 투심 패스트볼이 훨씬 더 낫다는 칭찬 같았습니다.

–그렇군요. 그런 대단한 공이 아슬아슬하게 바깥쪽을 파고들었으니 오타니 쇼헤가 놓치는 것도 무리는 아닐 것 같네요.

콕스 TV 중계진의 극찬이 흘러나오는 동안 오타니 쇼헤는 다시 타석으로 복귀했다.

박건호와 오스틴 번도 사인 교환을 마쳤다.

2구는 또다시 투심 패스트볼.

"나보다 더 난리라니깐."

박건호가 피식 웃어 보였다. 당사자인 자신은 신경 쓰지 않으려 애를 쓰는데 정작 오스틴 번이 자신보다 더 열을 내고 있었다.

하지만 그렇다고 해서 오스틴 번의 사인이 불편하게 느껴지진 않았다.

오스틴 번은 오늘 경기를 위해 최근 2년간 오타니 쇼헤의 일본 기록까지 전부 살피는 열정을 보였다.

그런 오스틴 번의 사인이라면 그 누구의 조언보다 믿을 만했다.

게다가 2구 연속 투심 패스트볼이라 해도 느낌은 전혀 달랐다.

초구보다 높게.

하이 패스트볼에 가깝게.

오타니 쇼헤가 유인구라고 착각하도록.

초구와 마찬가지로 노림수가 명확했다.

"좋아, 오스틴."

박건호가 단단히 고개를 끄덕였다.

그러자 오스틴 번이 씩 웃으며 미트를 힘껏 두드렸다.

후앗!

박건호의 손끝을 빠져나간 공이 한복판을 지나 또다시 바깥쪽으로 흘러 나갔다.

궤적만 놓고 보자면 초구와 거의 유사했다.

하지만 오타니 쇼헤의 눈에는 초구와 전혀 다른 공처럼 느껴졌다.

'바깥쪽 포심이라. 날 너무 무시하는군.'

오타니 쇼헤는 이번에도 방망이를 멈춰 세웠다.

심리적으로 궁지에 몰린 타자에게 볼에 가까운 하이 패스트볼을 던져 방망이를 끌어내는 건 강속구 투수들의 공통된 레퍼토리였다.

오타니 쇼헤 역시 힘 있는 타자들과 하이 패스트볼 승부를 즐겼다. 그렇다 보니 박건호가 너무나 뻔한 도발을 하는 거라 여겼다.

하지만 마지막 순간에 홈 플레이트 가장자리를 타고 들어온 공은 이번에도 구심의 스트라이크 콜을 받아냈다.

"빌어먹을!"

오타니 쇼헤가 타석에서 벗어나며 욕지거리를 내뱉었다. 설마하니 2구 연속 투심 패스트볼이 들어오리라고는 전혀 예상하지 못한 모양이었다.

반면 순식간에 투 스트라이크를 잡아 낸 박건호의 얼굴은 한껏 자신감에 차올랐다.

"자, 오스틴. 이제는 내가 원하는 사인을 내달라고."

박건호가 기대 어린 눈으로 오스틴 번의 가랑이 쪽을 바라봤다. 그러고는 이내 씩 웃어 보였다.

코스는 몸 쪽 높은 곳.

구종은 포심 패스트볼.

투 스트라이크에 몰려 있는 오타니 쇼헤를 더그아웃으로 돌려보내는 데 이보다 더 좋은 공은 없을 것 같았다.

무엇보다 마음에 드는 건 오스틴 번이 스트라이크가 아니라 볼을 요구했다는 것이다.

물론 스트라이크존과 최대한 가까워야겠지만 스트라이크라 생각하고 방망이를 휘둘렀는데 공이 스트라이크존을 벗어나면 오타니 쇼헤가 어떤 표정을 지을지 벌써부터 궁금해지기 시작했다.

'침착하게. 너무 들뜨지 말고.'

박건호가 길게 숨을 골랐다. 오타니 쇼헤를 삼진으로 돌려세운다는 욕심이 지나쳐 엉뚱한 공을 던지기라고 하면 큰일이었다.

박건호는 지나치게 공을 꽉 움켜쥐었던 손아귀에서도 힘을 뺐다. 그러자 살짝 긴장했던 어깨도 풀어졌다.

그렇게 모든 준비를 끝마친 뒤 박건호는 오스틴 번의 미트를 향해 있는 힘껏 공을 내던졌다.

후앗!

박건호의 손끝을 빠져나간 공이 곧장 오타니 쇼헤의 얼굴 쪽으로 날아들었다.

살짝 높은 감이 없지 않았지만 투 스트라이크에 몰리고 오스틴 번의 심리전에 말려든 오타니 쇼헤는 기다렸다는 듯이 방망이를 내돌렸다.

후웅!

메이저리그를 위해 스윙을 간결하게 바꿨다는 게 거짓말은 아닌 듯 오타니 쇼헤의 방망이가 금세 홈 플레이트 앞까지 날아들었다.

하지만 애석하게도 오타니 쇼헤의 스윙 궤적으로는 박건호의 공을 맞힐 수가 없었다.

"크아아!"

뒤늦게 박건호가 볼을 던졌다는 사실을 알아챈 오타니 쇼헤가 악을 내질렀다. 그러나 짜증을 낸다고 달라지는 건 아무것도 없었다.

"스트라이크, 아웃!"

호들갑을 떠는 루키가 마음에 들지 않았던지 구심이 평소보다 더 요란스럽게 삼진을 외쳤다.

"건! 거어어언!"

"그렇지! 그거야! 전부 삼진으로 잡아내라고!"

다저스 스타디움이 다시금 뜨거워졌다.

그렇게 오타니 쇼헤를 앞세워 박건호를 조기에 강판시키겠다는 스캇 서바이브 감독의 노림수는 수포로 돌아가고 말았다.

4

난적 오타니 쇼헤를 넘은 박건호는 그야말로 거침이 없었다.

—건! 건! 마이클 주니노에 이어 반 가멜까지 삼진으로 돌려세웁니다!

—벌써 6개째 삼진인데요. 오늘 기록한 모든 삼진을 전부 3구 삼진으로 잡아내고 있습니다.

—3회까지 퍼펙트 피칭입니다. 아홉 명의 타자를 상대로 6개의 삼진을 잡아내면서 단 한 명도 1루에 내보내지 않았습니다.

—투구 수가 고작 24구에 불과한데요. 이대로 가다간 개인 통산 첫 완투 경기가 나올지도 모르겠습니다.

박건호와 오스틴 번은 포심 패스트볼을 앞세워 매리너스 타자들을 윽박질렀다.

매리너스 타자들도 박건호의 포심 패스트볼에 맞춰 공을 휘둘러 봤지만 소용없었다. 평균 96mile/h(≒154.5km/h)대의 공을 던진다는 인식 때문인지 좀처럼 타이밍을 맞춰내지 못했다.

이에 맞서 오타니 쇼헤도 이를 악물고 공을 내던졌다.

2회 4번 타자 에이든 곤잘레스에게 빗맞은 안타를 내주며 잠시 흔들리긴 했지만, 5번 타자 작 피터슨과 6번 타자 조시 매딕을 연속 플라이로 돌려세운 뒤, 7번 타자 엔리 에르난데스를 삼진으로 돌려세우며 이닝을 마쳤다.

3회에도 선두 타자 오스틴 번과 첫 타석에 들어선 박건호에게 삼진을 빼앗아 냈다.

특히나 박건호를 상대로는 더욱 구속을 끌어올렸다. 자신이 당한 삼진에 대한 복수를 하듯 102mile/h(≒164.2km/h)의 포심 패스트볼을 연속 3개 던져 박건호를 꼼짝 못하게 만들었다.

"건방진 자식."

아무렇지도 않게 타석으로 돌아가는 박건호를 보며 오타니 쇼헤가 눈총을 쏘아냈다.

102mile/h(≒164.2km/h)의 포심 패스트볼을 건드리지도 못했다면 기가 죽거나 화를 내야 정상이었다.

하지만 박건호는 그럴 수도 있다고 대수롭지 않게 넘겨 버렸다.

어쩌면 당연한 일이었다. 박건호는 오타니 쇼헤처럼 타석에 미련이 없었다.

투수가 타석에 들어서야 하는 다저스에 와 있지만 타석에서 뭔가를 보여줘야 한다고 집착하지 않았다.

좋은 결과가 나오면 기분 좋지만 삼진을 당하더라도 다음 투구 때 영향을 받지 않도록 그 자리에서 깨끗이 잊어버렸다.

반면 오타니 쇼헤는 아직까지도 앞선 타석에서의 삼진을 잊지 못하고 있었다.

그런데 박건호가 자신이 기대했던 것처럼 분해하질 않으니 오히려 더 약이 올랐다. 그 분풀이를 하기 위해 앤드 토레스를 상대로 불같은 강속구를 내던졌지만.

"볼!"

제구가 흔들리면서 앤드 토레스에게 사사구를 내주고 말았다.

6구 승부가 펼쳐졌지만 앤드 토레스는 4구째 들어온 체인지업을 걷어낸 걸 제외하고 단 한 번도 방망이를 내밀지 않았다.

오타니 쇼헤가 흥분했다는 사실을 알아채고는 철저하게 볼을 골라내며 투구 수를 늘렸다.

—오타니 쇼헤, 오늘 경기 두 번째 출루를 허용합니다.

—2사 이후이긴 하지만 발 빠른 주자가 루상에 나갔는데요.

초구와 2구가 연속해서 볼 판정을 받으면서 볼카운트 싸움이 불리해진 게 부담이 됐던 것 같습니다.

–반면 앤드 토레스는 테이블 세터로서 좋은 모습을 보여주었습니다.

–최근에 다저스가 중심 타선을 강화하기 위해 트레이드 카드를 만지작거리고 있다는 소문이 나돌고 있죠. 그리고 그 대상에 앤드 토레스의 이름도 포함됐다는 소식이 전해졌습니다. 그래서일까요. 앤드 토레스, 오타니 쇼헤를 끈질기게 물고 늘어졌네요.

콕스 TV 중계진은 앤드 토레스의 인내심에 박수를 보냈다. 다른 걸 떠나 타석당 평균 3.2구밖에 지켜보지 않던 앤드 토레스가 6구까지 버텨서 사사구를 얻어냈다는 건 칭찬받아 마땅한 일이었다.

다저스 코치들도 흐뭇한 얼굴로 앤드 토레스를 바라봤다.

하지만 의욕이 지나치게 앞섰을까.

"아웃!"

오타니 쇼헤의 견제구에 걸려 1루에서 아웃되고 말았다.

"젠장!"

앤드 토레스가 가슴을 털어내며 투덜거렸다.

견제구가 날아들지 않았다면 충분히 2루를 훔칠 수 있었는데.

그저 운이 없었을 뿐이라며 아쉬워했다.

그러나 다저스 벤치는 앤드 토레스의 주루사를 본 헤드 플레이로 판단했다.

"저건 시도하지 말았어야 했어."

밥 그린 벤치 코치가 고개를 흔들었다. 그러자 옆에 있던 터너 바드 타격 코치가 냉큼 말을 받았다.

"볼카운트가 원 스트라이크 투 볼이었어요. 변화구보다는 포심 패스트볼이 들어올 가능성이 높았는데 앤드 토레스가 무슨 생각을 했는지 모르겠습니다."

"이대로 가다간 트레이드를 피하기 어려울지도 몰라."

밥 그린 코치가 한숨을 내쉬었다.

앤드 토레스의 재능은 말할 필요조차 없이 훌륭했지만 저렇듯 생각 없는 플레이로 경기에 찬물을 끼얹는 걸 보면 영락없이 야르엘 푸이그를 보는 것 같았다.

"그런데 정말 앤드 토레스를 팔까요?"

팀 하이드 타격 코치가 조용히 끼어들었다. 앤드 토레스의 타격 능력을 높이 평가하는 그로서는 트레이드 소식이 그리 달갑지 않았다.

하지만 터너 바드 코치의 생각은 달랐다.

"올 시즌이 끝나기 전에 마이클 리드에게 어떻게든 기회를 줘야 한다고. 그러려면 앤드 토레스나 조시 메딕, 둘 중에 한 명은 정리를 해야겠지."

96년생 마이클 리드는 다저스 팜에서도 손꼽히는 외야 유망주였다. 주 포지션은 중견수. 그러나 좌익수와 우익수를 모두 소화해 낼 수 있었다.

전문가들은 마이클 리드가 당장 메이저리그에 올라간다고 해도 수비적인 면에서는 아무런 문제가 없을 것이라고 단언했다. 오히려 중견수 작 피터슨을 도와 리그 최고 수준의 외야 수비를 펼칠 것이라고 전망했다.

게다가 마이클 리드는 타격과 주력도 수준급이었다. 마이너리그와 메이저리그의 레벨 차이를 감안하더라도 0.280의 타율과 40개 전후의 도루가 가능할 것이라는 의견이 주를 이뤘다.

장타력이 부족한 게 아쉽긴 하지만 다저스 팬들도 마이클 리드가 마린스로 떠나보냈던 디 오든의 자리를 확실히 메워 줄 것이라 기대하고 있었다.

이런 상황에서 마이클 리드를 마이너리그에서 썩힌다는 건 현실적으로 불가능해 보였다.

"솔직히 둘 중 하나라면 조시 메딕을 빼야 하지 않을까요? 트레이드 톰슨도 있으니까요."

팀 하이드 코치가 또다시 앤드 토레스를 두둔했다.

조시 메딕은 87년생이었다. 장타력은 준수하지만 정확도가 부족하고 수비 범위가 계속해서 좁아지고 있었다.

반면 앤드 토레스는 92년생이었다. 전성기를 보내고 있으니 냉정하게 따졌을 때 앤드 토레스보다는 조시 메딕을 트레이드시키는 게 옳아 보였다.

그러나 문제는 조시 메딕을 대체할 만한 마땅한 타자가 없다는 점이었다.

"트레이드 톰슨? 지금 장난하는 거야? 조시 메딕도 답답한데 더 답답한 트레이드 톰슨을 하위 타선에 끼워 넣으면 하위 타선은 완전히 꼬여 버린다고. 게다가 장기적으로 마이클 리드와 앤드 토레스는 부딪칠 수밖에 없어. 그리고 알잖아. 앤드 토레스는 통제 불능인 거."

터너 바드 코치가 단호하게 말했다.

이미 모두의 관심이 마이클 리드 쪽으로 쏠리고 있는 상황에서 앤드 토레스에게 미련을 둬봐야 의미가 없을 것 같았다.

그사이 박건호는 매리너스의 세 타자를 깔끔하게 틀어막고 4회 초를 마쳤다.

1번 타자 레오나르도 마틴은 2루수 땅볼 아웃.

2번 타자 기에르모 에레라는 3구 삼진.

3번 타자 로빈슨 카누는 파울 플라이 아웃.

세 개의 아웃 카운트를 잡아내는 데 던진 공은 고작 8개.

"거어어어언!"

"건! 거어언! 크아아아!"

다저스 스타디움 곳곳에서 함성이 터져 나왔다.

"저길 보라고."

터너 바드 코치가 더그아웃으로 돌아오는 박건호 쪽으로 턱을 내밀었다.

자연스럽게 팀 하이드 코치의 시선도 박건호에게 향했다.

"건이 이대로만 성장해 준다면 월드 시리즈 우승도 꿈이 아닐 거야. 그런데 언제 어떻게 터질지 모를 앤드 토레스를 외야에 두자고? 그랬다간 4년 뒤에 다저스 스타디움에서 건을 보지 못하게 될지도 몰라."

터너 바드 코치가 살짝 흥분한 목소리로 말했다.

박건호는 데뷔 첫해 11승을 거두며 내셔널 리그 신인상을 수상한 다저스의 미래였다.

위대한 에이스 슬레이튼 커쇼가 은퇴한 이후에도 다저스를 든든하게 지켜줄 보배 같은 투수였다.

게다가 성장 속도가 어마어마했다.

파드리스전에서는 거의 슬레이튼 커쇼 같은 위압감을 선보이더니 오늘 경기에서도 2억 달러의 사나이 오타니 쇼헤를 상대로 조금도 주눅 들지 않았다.

오히려 슬슬 기세를 올려 오타니 쇼헤를 압박하는 느낌마

저 들었다.

다저스가 서둘러 외야진 개편에 나선 것도 바로 박건호의 성장을 두 눈으로 지켜봤기 때문이다.

벌써 내부적으로는 박건호를 제2의 슬레이트 커쇼로 만들기 위한 프로젝트가 진행 중이라고 했다.

슬레이트 커쇼도 박건호와 함께 다저스 왕조를 이뤄낸 다음에 박건호에게 에이스 자리를 양보하고 싶다는 희망을 드러내기도 했다.

게다가 다저스에는 박건호만 있는 게 아니었다.

최고 구속이 101mile/h(≒162.5㎞/h)까지 올라간 야디에르 알베스를 비롯해 젊고 재능 있는 투수가 많았다.

이들이 맘 편히 투구에 집중하기 위해서라도 외야는 보다 안정적으로 개편되어야 옳았다.

"후우……. 솔직히 저는 잘 모르겠습니다."

팀 하이드 코치가 한숨을 내쉬었다.

이제 메이저리그 2년 차에 접어든 동양인 투수 하나 때문에 팀의 주축 전력들을 트레이드하려는 구단의 움직임이 솔직히 이해가 가질 않았다.

그러는 동안 다저스가 선취점을 뽑아낼 기회를 만들었다.

따악!

1사 이후 타석에 등장한 코일 시거가 오타니 쇼헤의 바깥쪽 높은 포심 패스트볼을 밀어쳐 좌익선상에 떨어지는 2루타를 때려낸 것이다.

"좋았어! 바로 그거야!"

오스틴 번이 가져다 준 이온음료를 마시고 있던 박건호가 자리에서 벌떡 일어나 소리쳤다.

작년까지만 해도 더그아웃에서 목소리를 높인다는 게 쉽지 않았지만 루키 시즌을 보내서일까.

이제는 동료들을 독려하는 게 자연스러워졌다.

다저스의 선수들도 박건호를 따라 코일 시거에게 박수를 보냈다.

메이저리그 2년 차이긴 하지만 나날이 위상이 높아지고 있는 박건호에게 자신들도 모르게 동조하기 시작한 것이다.

심지어 슬레이튼 커쇼도 박건호의 활기찬 모습을 긍정적으로 바라봤다.

자신의 뒤를 이어줄 거라 확신하는 젊은 에이스가 자신이 해야 할 일을 대신해 주고 있으니 그저 흐뭇하기만 했다.

그 응원의 효과일까.

따악!

4번 타자 에이든 곤잘레스가 우익수 앞에 깨끗한 안타를 때려내면서 2루 주자 코일 시거를 홈으로 불러들였다.

스코어 1 대 0.

일방적인 경기가 될 거라던 언론의 예상이 완전히 무너져 버렸다.

"후우……. 젠장할."

1 대 0으로 바뀐 전광판을 바라보며 오타니 쇼헤가 신경질적으로 마운드를 걷어찼다.

코일 시거에게 2루타를 얻어맞기 전까지만 해도 오늘 경기를 완벽하게 틀어막을 자신이 있었다.

3회까지 삼진만 5개를 뽑아냈다. 안타와 사사구를 하나씩 허용하긴 했지만 상승세의 다저스 타선을 상대로 단 한 점도 내주지 않았다.

4회 말의 시작도 좋았다. 2번 타자 저스트 터너를 4구 만에 유격수 땅볼로 유도해 냈고, 3번 타자 코일 시거도 투 스트라이크 원 볼까지 몰아붙였다.

그런데 4구째 몸 쪽에 붙여 넣은 회심의 슬라이더가 볼 판정이 되면서 상황이 꼬였다. 5구째 바깥쪽 하이 패스트볼을 던져 헛스윙을 유도하려 했지만 오히려 그 공이 얻어맞으며 2루타를 내줬다.

그리고 앞선 타석에서 기분 나쁜 안타를 허용한 4번 타자 에이든 곤잘레스에게 또다시 적시타를 맞고 말았다.

3.1이닝 1실점.

살짝 아쉽긴 해도 결코 나쁜 결과는 아니었다.

조금 전 마운드를 다녀간 멜 스코틀마이어 투수 코치도 잘 던지고 있다고 말했다.

이제 메이저리그 두 번째 선발 등판 경기이고 원정 경기에 상대가 내셔널 리그 서부 지구 1위 다저스인 것까지 감안하면 합격점을 줘도 충분할 것 같았다.

그런데도 오타니 쇼헤는 전혀 위로가 되지 않았다.

전광판에 박혀 있는 세 개의 0 때문이었다.

안타 0

사사구 0

득점 0

자신과 같이 언급된다는 것 자체가 기분 나빴던 한국인 투수 박건호를 상대로 매리너스 타자들이 4이닝 동안 단 하나의 안타조차 때려내지 못하고 있었다.

'내가…… 저딴 녀석보다 못하다니.'

오타니 쇼헤의 시선이 다저스 더그아웃으로 움직였다. 정확하게는 코일 시거와 수다를 떨고 있는 박건호에게 향했다.

하지만 야속하게도 박건호는 오타니 쇼헤 쪽으로 눈길조차 주지 않았다.

"두고 보자."

오타니 쇼헤가 질근 입술을 깨물었다.

그렇게 경기는 중반으로 치달았다.

to be continued

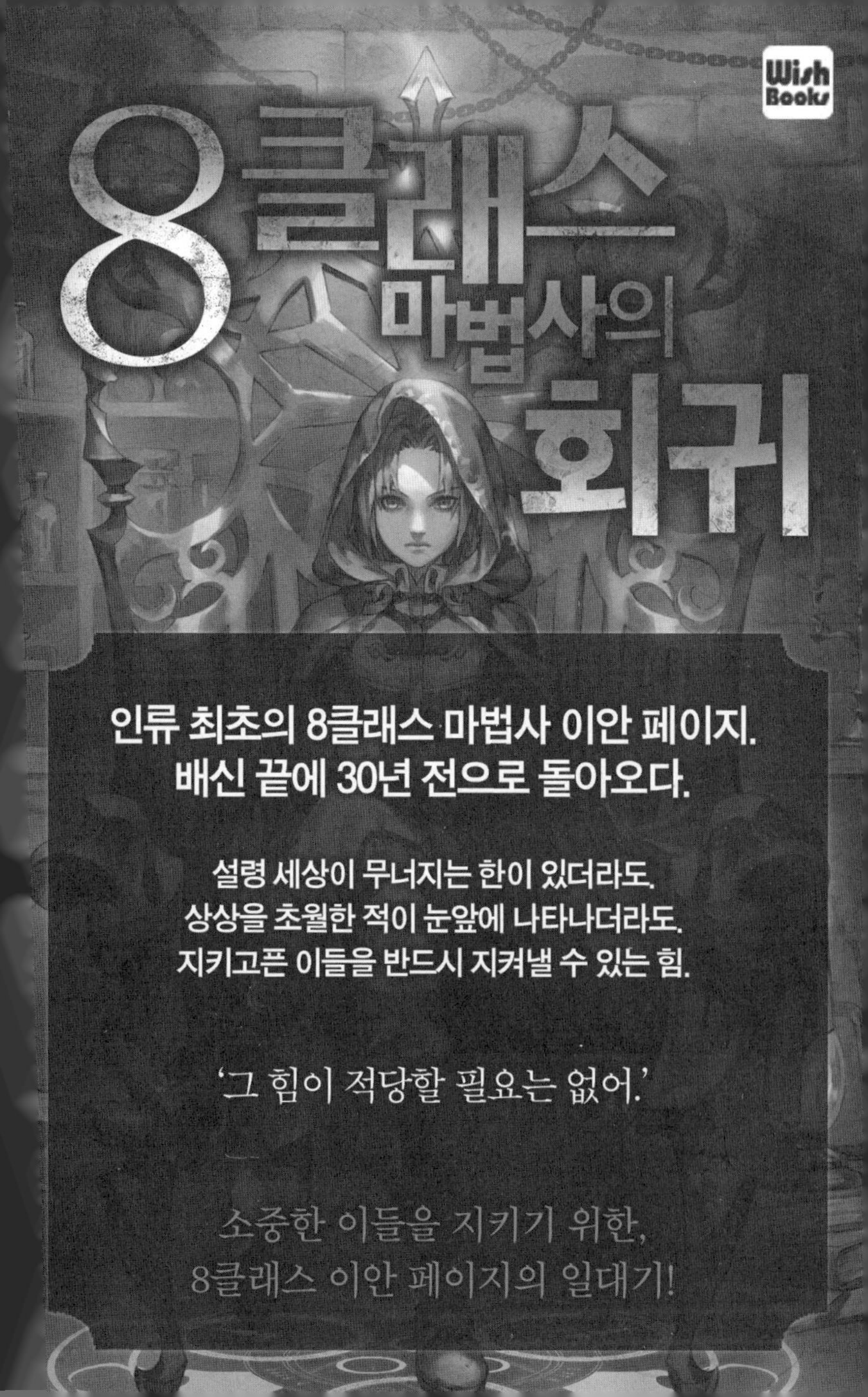

Wish Books
8클래스 마법사의 회귀
인류 최초의 8클래스 마법사 이안 페이지.
배신 끝에 30년 전으로 돌아오다.
설령 세상이 무너지는 한이 있더라도.
상상을 초월한 적이 눈앞에 나타나더라도.
지키고픈 이들을 반드시 지켜낼 수 있는 힘.
'그 힘이 적당할 필요는 없어.'
소중한 이들을 지키기 위한,
8클래스 이안 페이지의 일대기!

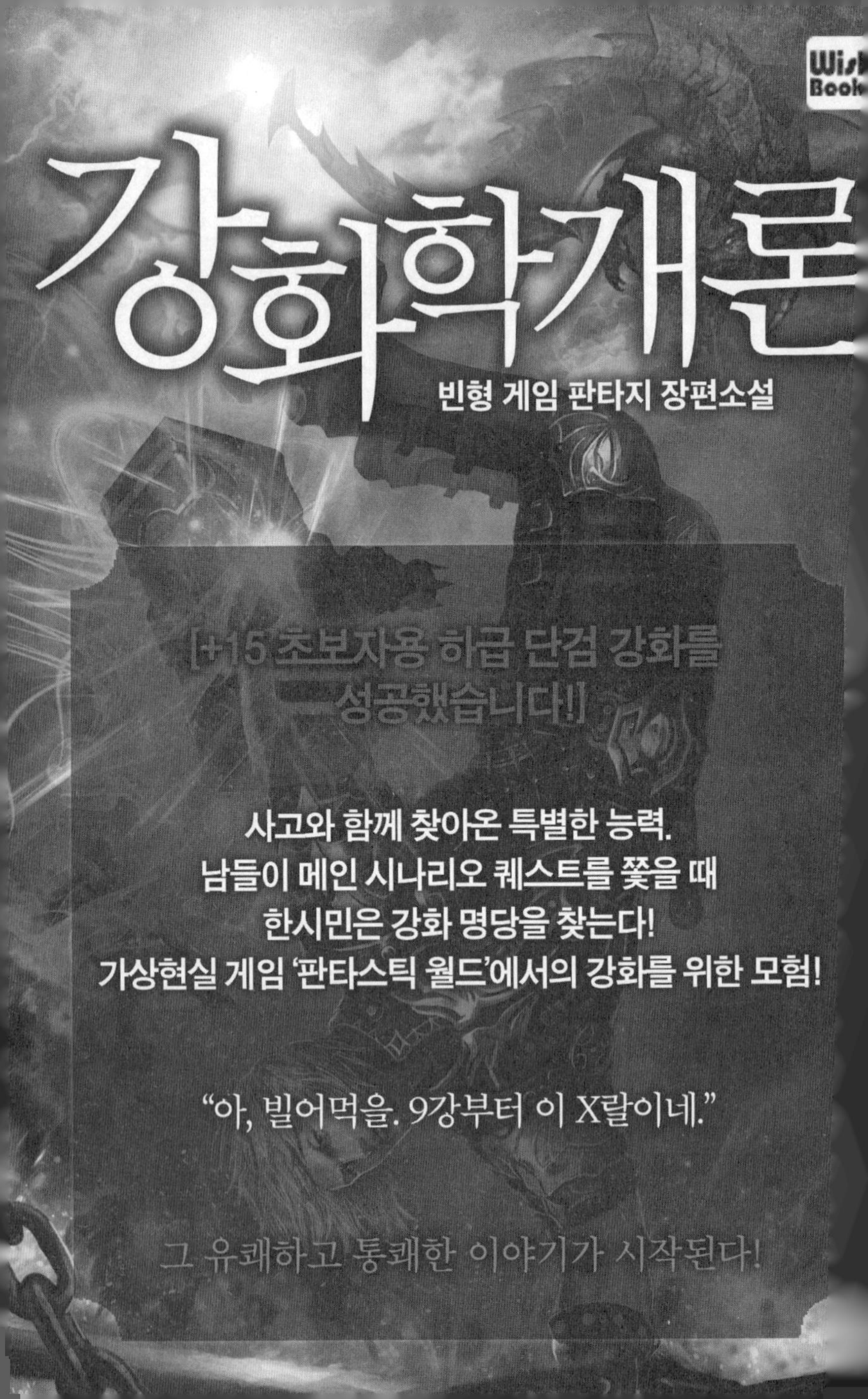
Wish Book
강화학개론
빈형 게임 판타지 장편소설
[+15 초보자용 하급 단검 강화를 성공했습니다!]
사고와 함께 찾아온 특별한 능력.
남들이 메인 시나리오 퀘스트를 쫓을 때
한시민은 강화 명당을 찾는다!
가상현실 게임 '판타스틱 월드'에서의 강화를 위한 모험!
"아, 빌어먹을. 9강부터 이 X랄이네."
그 유쾌하고 통쾌한 이야기가 시작된다!

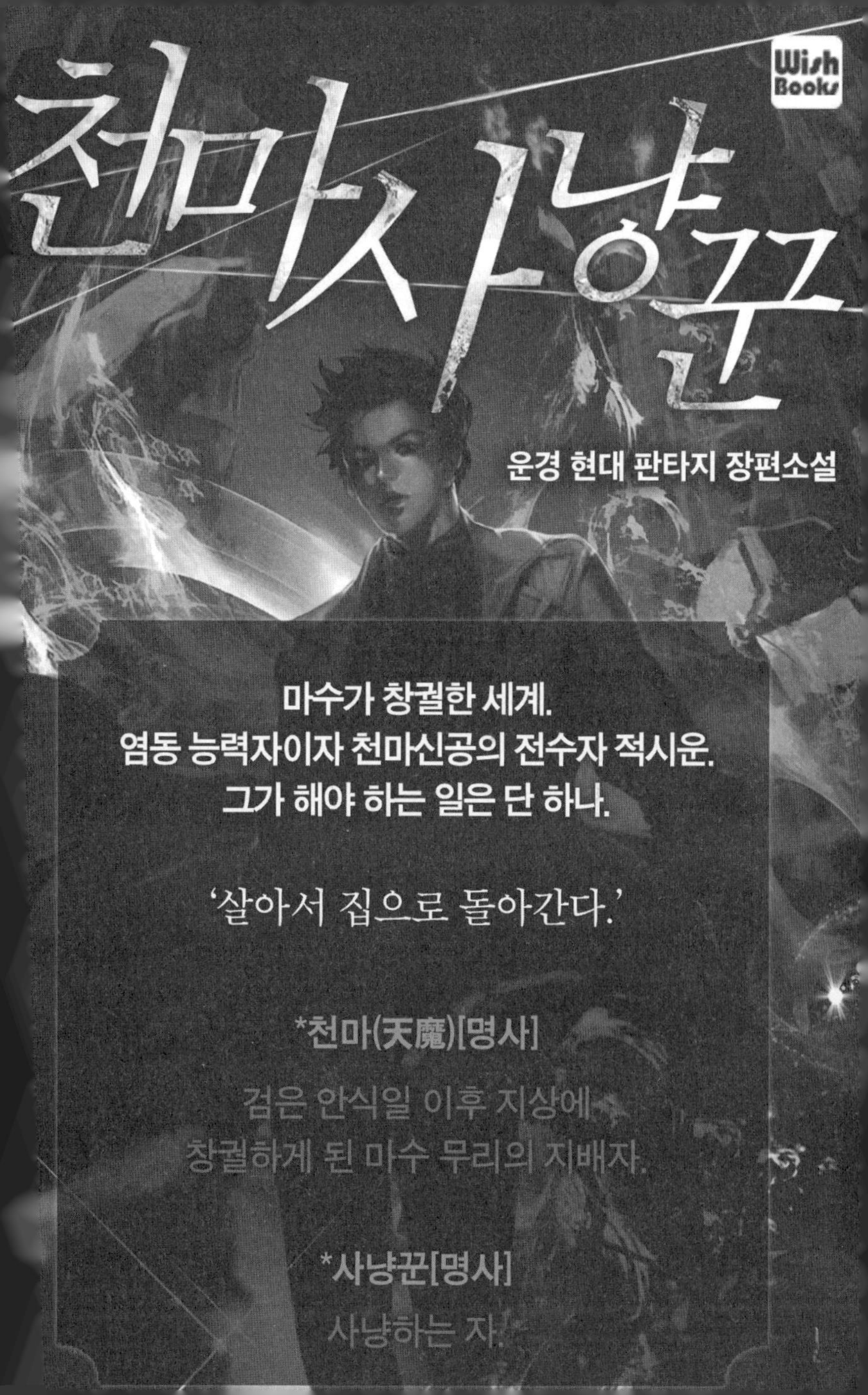
천마사냥꾼
Wish Books
운경 현대 판타지 장편소설
마수가 창궐한 세계.
염동 능력자이자 천마신공의 전수자 적시운.
그가 해야 하는 일은 단 하나.
'살아서 집으로 돌아간다.'
*천마(天魔)[명사]
검은 안식일 이후 지상에
창궐하게 된 마수 무리의 지배자.
*사냥꾼[명사]
사냥하는 자.

Wi Boo
스킬의 제왕
이형석 퓨전 판타지 장편소설
인간군 검병2부대 소속, 강무열.
과거로 돌아오다.
검과 마법, 그리고 정령까지.
인류가 염원하는 그 힘을 얻을 방법이 내 기억 속에 남아 있다.
미래의 스킬을 아는 자.
후회의 전생을 딛고 신의 땅에서
인류의 멸망을 막기 위해
제왕이 되고자 일어서다!
"이제 내가 권좌에 오르겠다."